U0079402

我不是笨小孩

人物介紹

糖糖　女　十三歲

喜歡畫畫，個性開朗，言行像是七八歲的小孩，總是咧嘴大笑。糖糖從小活在老師與媽媽的保護傘下，一直覺得人是平等的，即使生活充滿挫折，依舊樂觀面對。但其實在糖糖心中，她曾不知道該如何面對自己的唐氏症身份。

佑薰　女　三十二歲

糖糖的媽媽，留著俏麗短髮，個性衝動剽悍，但其實內心很堅強善良。為了全心照顧糖糖，她選擇在家中工作，是個對美感非常有品味的設計師。

奈奈老師　女　二十五歲

充滿大姐頭氣息的日裔老師，受過專門訓練，提倡在家自主教育。奈奈老師專業又充滿活力的教學方式，是糖糖母女倆的一盞明燈，但她其實也有不為人知的權謀心態與祕密。

糖糖外婆　女　六十五歲

舉止優雅，享受生活，個性直爽，但頗世故機智，絕不容許自己的家人被欺負，是學校的退休老師。外婆住在隔壁鎮，但經常來探望糖糖母女，也是她們生活中的重要支柱。

大鄒　男　二十七歲

本名「鄒佳捷」，住在台北的知名動作電影明星，擁有一票女粉絲。因為一場慈善活動與糖糖結識，非常欣賞糖糖繪畫天份。大鄒本身很懂得跟唐氏症小孩相處，是糖糖心目中的天使與王子。

宗孺　男　十四歲

糖糖在永親國小資源班最要好的同學，高大憨直，心地善良，始終跟糖糖保持著聯絡，宗孺與糖糖的家人也經常有往來。

目次

01 圍牆的另一側

座落在台中市的永親國中，是所知名的貴族國中。校園腹地廣大，像是個小莊園般，綠意盎然。

校園充斥著高級的球場、遊樂設施、立體停車場、空中花園、室內溫水游泳池、美麗的教室大樓與雄偉的學生活動中心，以及新蓋好的玻璃牆壁餐廳。

不過，這一切都被灰森森的鐵絲網隔絕在校園的另一頭，至於鐵絲網的這一側，則只蓋了一些簡單的教室、獨立行政辦公室、警衛室、花圃、沙坑，與基礎的遊樂設施。

紅色的磚牆上攀著枯萎的牽牛花，教室是由簡單卻不失可愛的綠色小木屋所組成。

此時，一陣音樂聲輕盈地傳來，原來是溫柔的特教班班導所彈奏出的美麗音符。

「早安、午安、晚上好，飛越世界五大洲，攜手同心來度過，愛護美好的地球！」隨著鋼琴的音符奏起，約有二十多位個頭不一的大小朋友，一起愉快

地做著唱遊操。

他們全是特教班的孩子，年齡有國小生也有國中生，但整體的心智年齡並不超過十歲。孩子們不分高矮胖瘦，全都專注而歡喜地投入在音樂中，奮力在教室中擺動身軀。

「大家的笑容都很棒！」溫柔的長髮老師揚起音調。「來！一起唱最後一遍！我們馬上就要放學囉！」

下午三點，是永親國中特教班的放學收心操時間。特教班多半聚集著一些身心狀況特殊的孩子，有些因為語言障礙與學習障礙的緣故，在這個班上學習基礎數理與溝通技能。也有幾個小朋友屬於自閉症，正在接受團體治療。

不過，特教班最多數的還是唐寶寶，他們多半因為病情的因素，智力停留在十歲以下，臉部神經也有輕微萎縮，但每個小朋友都帶著燦爛而真誠的笑容度過每個上學日。年約十三歲的矮小少女糖糖，就是其中一個唐寶寶，她的個頭最小，笑容卻也最甜，是老師與同學的開心果。

「道完再見明天見，抬頭挺胸出校園！」歌曲結尾時，糖糖也滿面笑容，唱得最大聲，揮動著圓圓的手臂，一頭烏亮的短髮輕鬆地甩著。

「各位大朋友、小朋友，明天見！」社工阿姨與輔導老師們全都在門口一字排開，一一向每個同學親切地道別。

「糖糖，昨天的小貓咪不曉得還在嗎？」一放學，大塊頭的宗孺便拉著糖糖，到他們昨天遇見流浪貓的花圃後方集合。不只糖糖，另一個有語言障礙的沉默寡言小男生——阿奇也一起跟了過去。

「小貓咪，喵……喵……我們來陪你們玩囉！」宗孺、糖糖和阿奇蹲在花圃一角，學著貓叫。他們要找的小貓咪是一隻黃條紋母貓在一個月前生下的。

「啊！貓咪出來了，一隻、兩隻、三隻、四隻。」糖糖和宗孺開心地數著小貓，一旁的阿奇則哇哇大叫起來。

「嗚啊！少……少……少了……少了！」阿奇激動地拉住糖糖的袖子。

「真的，少了一隻、少了一隻！」溫柔懂事的糖糖立刻明白阿奇的意思，

一面安撫他，一面替他說出阿奇想表達的話。

「嗯！少了啊！少一隻。」阿奇扭曲著臉，不安地指向花圃後方的鐵絲網破洞。

「小貓……大概是去學校另一端玩了。」糖糖解釋著，與宗孺討論起來。

「找！找！找找看！」阿奇非常著急地望著鐵絲網的另一端，那是一個未知的領域。鐵絲網的另一面，有著學校其他的設施，糖糖知道也有許多學生和老師在那裡活動。不過，她進到永親國中一陣子了，卻從來沒去過鐵絲網的另一邊。

糖糖望向鐵絲網上的藍色金屬小門，那是給教職員工或者工友們進出用的工作門，可以直通另一端。不過，今天的小門依舊是緊緊閉上，彷彿不歡迎任何小朋友從那裡出入。

「糖糖、阿奇、宗孺，放學囉！已經可以回家啦！」幾位老師目送完其他小孩，轉而朝糖糖他們走來。帶頭走來的，是高壯嚴肅的高老師。

「來，老師帶你們去家長接送區。」

「小貓咪，我們要找小貓咪！」糖糖直率地說出他們的計畫。但當高老師弄懂他們是想到鐵絲網另一端去時，立刻嚴肅地搖搖手。

「不行不行，我們特教班的活動範圍就在這裡而已。你們千萬不能去教學區喔！」

原來那裡是「教學區」啊……糖糖聽在耳裡，卻不明白這三個字的意思，只是覺得有種無力感。

身後的阿奇聽到不能去教學區，更是憤怒的跺起腳來；一向溫和的宗孺則是氣餒地低下頭。

三人默默走出特教班的小廣場時，有位工友正巧提著水桶走進那道藍色小門。

就在這時，眼尖的宗孺看見兩隻小花貓，陸續鑽到鐵絲網的對面。

「回來呀！你們的媽媽會擔心喔！」善良的宗孺敲著鐵絲網，而小奇竟大

步衝到藍色鐵門前，毅然溜了進去。

「小奇，老師說不可以過去喔！」糖糖怕引起老師的注意，只敢小聲地提醒著。

「我們去把他帶回來！」宗孺揮舞著厚實的手臂，也果斷地追著小奇的背影，一溜煙就鑽進藍鐵門。糖糖緊張兮兮地追著他們，也跨過了門檻。

轉眼間，以往熟悉的特教班小花圃，已瞬間落在鐵絲網後方的角落。而在糖糖眼前展開的校園，是如此廣大。雄偉的藍天、美輪美奐的嶄新建築物，漂亮的門廊，一切都像是新世界般如此吸引人。

然而，眼前這個陌生又廣大的環境，卻也讓糖糖有不好的預感。當她發現小奇的身影消失在眼前時，更是著急得不知道怎麼辦。

「宗、宗孺！」糖糖用極端不安的聲音叫著前方的大個兒。「我們回去找老師好不好？」

「可是……我們一定會被罵……」宗孺一針見血地說，眼神充滿了恐懼。

「我們不但穿過了鐵絲網，而且，我們把小奇也給弄丟了！」

「對，不能、不能就這樣回去……」糖糖也慌張了起來。「我們得趕快先找小奇……」

面對不熟悉的校園，糖糖和宗孺不敢再分散行動，兩人索性堅定地手牽著手，走過一重重建築與走廊。他們這才體會到，原來這棟永親國中竟然比自己想像中的

還要大上好幾百倍。

校園彷彿空無一人，純白的牆角、綠森森的林蔭道、整齊的走廊，幾乎看不見任何學生的影子。糖糖這才想起，原來校園這頭的學生們都還沒放學，還乖乖地在教室裡坐著呢！

學校是故意把特教班的放學時間提早到三點的，而一般校區的學生則都是四點放學。就在他們意識到這點後，糖糖與宗孺聽見了一個巨大震耳的聲音。

那是四點鐘、放學鐘響的聲音。

不認識的學生們揹著書包，從四面八方的教室傾巢而出，嚇得糖糖和宗孺慌亂地抱在一起。然而，糖糖與宗孺的便服裝扮，立刻引起其他學生的好奇。

「你們是誰？為什麼不用穿制服？」一個面色和善的女學生率先說道。她紮著整齊的馬尾，一身潔白的制服衣裙，與穿得鮮艷可愛的糖糖形成強烈對比。

宗孺看見有女生對著自己說話，連忙笑呵呵地大聲介紹自己。「我是林宗

孺，妳好！」

有個比宗孺更高大的男生，粗暴地掀起宗孺胸前的識別證。「哦！還別著這種東西啊？上面還有地址，怕走丟是嗎？」

「不要碰宗孺……」糖糖看到對方動作粗暴，認為來者不善，便率先出言警告對方。沒想到，這高大的國三生竟把矛頭指向糖糖。

「小胖妹，妳也是跟這傢伙一起的嗎？長得怪怪的喔！」

聽到自己被說長得很奇怪，糖糖氣得眼淚都要掉下來了，不知道如何反駁的她緊握拳頭，呆立在原地。反倒是宗孺機警，知道說不贏對方，便抓起糖糖轉身走開。

「糖糖，我們先去找小奇！」

「宗孺，你好聰明喔！」糖糖感覺到自己脫離了方才那股緊張的氣氛，開心地高聲誇讚宗孺。然而，兩人才高興沒有多久，就發現自己被捲進了一個更大的麻煩中。

※

糖糖與宗孺好不容易鎮定下來，便發現自己走到了一個比剛才更加寂靜的地方。這裡到底是學校的哪裡？要怎麼走才能走回特教班？兩人心中抱持著這些疑惑，腳步也越來越急。

才剛經過一排安靜的空教室，糖糖便聽見牆角邊傳來爭執聲。走進一看，個子瘦小的小奇正被一群陌生的學生圍著，小奇氣得漲紅了臉，看來狀況不太妙。

「你連話都講不好了，還想命令我們什麼？這貓我先找到的，我要怎麼處理是我家的事情！」一個表情蠻橫的高胖學生對小奇嗆道，偏偏小奇口吃，急得有理說不清。而兩隻小貓咪被那個同學掐在手裡，痛苦得不斷掙扎，五官也變形了，只能「咪嗚咪嗚」的不斷慘叫。

「把小貓咪還我們！」糖糖叫道。

「啊！這傢伙的智障朋友來了！」高壯的學生露出輕蔑的笑容。而他用的

「智障」兩字，更讓糖糖想起小時候被鄰居取笑的不好回憶。

「我們才不是智障。」宗孺試圖柔和地說。「陳老師說，我們只是比較特別，並不是智障。」

「我是唐氏症……不是智障。」糖糖也想起老師平常教導的話，期望能跟這些搞不清楚狀況的同學好好溝通，不過，對方只是笑得更大聲了。如果他們只是笑笑，或許糖糖等人還可以走開，但眼看他們找了半天的小貓咪正被這群陌生人緊緊抓著，糖糖說什麼也不走開。

「還……還我小貓咪！」最早到場的小奇憤怒地說。

「唉！我還以為你不會講話呢！哈哈！」小奇的尖聲語氣，惹得一群學生哈哈大笑。

那樣的訕笑聲，糖糖一聽就滿肚子火。

其實，宗孺和糖糖都記得老師教導他們「不可以罵人、不可以打人、遇到問題要冷靜走開、尋求老師的幫助」的這些叮嚀，而他們相信小奇，絕對不會

沒事惹事。

當三人看到這群學生暴力玩弄小貓咪的態度，全都氣得全身發抖。

「不要那樣抓貓咪……貓咪會痛。」宗孺又是擺出和顏悅色的態度，想跟對方溝通。

「你這智障煩不煩啊！這貓又不是你的！」對方不耐煩了，一翻臉就掄著拳頭衝上來。

「不可以打宗孺！」糖糖奮力跳出來，用盡全力推開對方。

「啊！智障打人囉！智障打人了！」被推開的男生裝作很痛苦的模樣，讓糖糖慌得掉下眼淚。

宗孺和小奇面面相覷，完全不知道該怎麼辦。老師從來沒教過這種時候可以怎麼辦，更讓他們感到好無助、好生氣……

「嗶嗶嗶！」就在此時，後方傳來一陣哨音。

眾人回過頭，正看到一個手上綁著「巡邏中」黃布條的矮胖師長，率領著

兩個面熟的老師走來。

那是特教班的黎老師和高老師。

「糖糖！小奇！宗孺！我就知道一定是你們三個跑過來了！」美麗的黎老師幾乎急得滿臉紅暈，原本嚇傻了的糖糖總算看到救星，「哇」的一聲哭了出來。

剛剛做勢掄起拳頭的男同學，立刻擺出一副正氣凜然的模樣，大聲告狀。

「報告訓導主任，他們搶我們貓，這小胖妹還動手打人。」

「是因為你們用力捏小貓咪……」宗孺焦急地辯解著，口吃的小奇則是滿臉漲紅，支支吾吾的想幫忙解釋，卻被教務主任強硬地打斷。

「特教班的同學跑來這，就是不對。」主任冷下臉。「你們應該都知道，不能穿越鐵絲網，亂跑來這裡。」

三個特教班的孩子一聽，全都害怕又愧疚地低下頭。

「謝謝主任幫我們找人，人找到就好，我們現在就先離開。」平常總是嚴

肅威武的高老師，這時竟把姿態放得又軟又低。

「小貓咪……」小奇還沒忘記小貓咪的事，高聲嚷道。

「他們想打我，糖糖救我。是他們想打人！」宗孺可不打算讓對方矇混過關，拼命解釋道，糖糖也想起媽媽平常告訴她的「受了委屈要馬上說出來」，加入辯解。

不過，教務主任卻只是擺出一張更鐵青的臉。「特教班的，你們不該亂跑來這裡惹麻煩喔！聽說你們還打了我們這邊的同學？要是對方家長告你們，你們就會被抓去警察局喔！」

黎老師蹙起眉心，柔聲反駁道：「主任，您說這話就太誇張了吧？我們得先弄清楚到底發生了什麼事……」

「請回吧！黎老師、高老師。」主任冷冷地說。一旁的男同學們則是假裝出可憐兮兮的模樣，手上捏著的小貓咪也放了下來。

糖糖回頭望著那兩隻終於被放到地面的小貓。

「小貓咪，來這裡……」糖糖和小奇連忙一人救起一隻，抱回懷裡。

「糖糖，別哭，至少我們找到小貓咪了。」宗孺溫柔地摸摸糖糖的肩膀。

不過，三人萬萬沒想到，明天還有更嚴峻的考驗在等著他們。

02 沒有書唸的日子

隔天一早，糖糖與媽媽手牽手哼著歌，走進校園。糖糖的媽媽——佑薰，是個美麗又帥氣的設計師。留著超級短髮、外表時髦的她多年來都在家中接案子上班，用網路完成許多著名的設計案。因為佑薰是設計師，對色彩也特別有獨到的眼光。每當佑薰牽著糖糖走在路上時，她們的衣著就像一對繽紛的花兒般，讓人心情開朗。

佑薰今天穿著灰色的風衣，裡頭配上幾何圖形的藍洋裝，糖糖也穿得一身藍，蒂芬妮的娃娃鞋配上米色長褲。

「糖糖啊！今天穿這樣還喜歡吧？因為今天有跳舞課，媽媽怕妳穿裙子不方便。」佑薰溫柔地梳理著糖糖微翹的短髮，母女倆相偕走入特教班的花園。

「早啊！黎老師！」佑薰向美麗的班導師問好，對方卻臉色沉重地走來。

「糖糖的媽媽，早。」班導師眉頭緊蹙，似乎有難言之隱。

「黎老師，怎麼啦？」佑薰牽著糖糖，一頭霧水。她第一次看到和顏悅色的黎老師露出這種困擾的表情。

「是這樣子的……今天可能是糖糖最後一天上課了。」黎老師不安地望了特教班外頭的鐵絲網一眼。「昨天的事情……引起一些家長的反彈。今天學校發布正式通知，希望糖糖退學。」

「退……退學？昨天的事情？糖糖，昨天發生什麼事情？」佑薰第一個就想問自己的女兒，但糖糖卻閉口不語，神情也突然彆扭起來。

「糖糖，沒關係，妳告訴媽媽，昨天發生什麼事了？」佑薰蹲了下來，好聲好氣地問糖糖，她卻猛然一甩手，跑進教室裡。

教室裡坐著宗孺與小奇，他們也憂心地望向糖糖，這種神情看在佑薰的眼底，格外不捨。等她從黎老師那裡聽聞了昨天的「事件」之後，佑薰的神色變得強硬。

「是這樣的，黎老師，偶爾一兩個特教班的孩子跑去對面玩耍，是犯了什麼滔天大錯？您剛剛說的是『退學』這兩個字吧？這有嚴重到需要退學嗎？」不肯吃虧的佑薰，眼神散發出凌厲的氣勢。

「這個我懂，我明白，只是……糖糖昨天有推擠到一位男同學。他的家人非常不開心，認為這是嚴重的肢體衝突。」

「『嚴重的肢體衝突』？」佑薰揚高聲調，更是不解了。「才十多歲的小孩子推來推去，又沒有惡意，有這麼嚴重嗎？」

黎老師驚覺自己說不過眼前的家長，急忙用眼神向高大威武的老師求救。這一會兒，高老師也板起臉色，趕來「助陣」。

「糖糖的媽媽，您昨天並不在場，所以可能有些狀況您也不瞭解。」高老師神情非常強勢。「這是校方做的決定，我們老師也已經盡最大的努力去替孩子們著想了……」

「『替孩子們著想』？動不動就要孩子接受退學處分，這算是有替他們著想囉？」佑薰氣得滿臉漲紅，語調也越來越高，引來其他幾名特教班的家長側目。佑薰知道自己的孩子從小就比較「特殊」，也因為糖糖的病情，母女倆十幾年來飽受歧視與誤解。她好不容易掙錢讓糖糖進入這個教育良好的學校，實

在不願意就這樣放棄。

「總之，學校的處分已經下來了，我們希望家長也能配合。」高老師擺出冷淡的神態，語氣也加重了。「您如果不能接受而公開喧鬧的話，我想對糖糖來說，也是二次傷害。」

聽到這番話，佑薰簡直沒氣得昏倒。這些老師平常和顏悅色的，如今卻想勸退她女兒?這股氣怎麼也忍不下去。佑薰翻了翻白眼，憤怒地搖搖手。

「都給你們去說吧！」佑薰把一頭俐落短髮撩到耳後，勉強苦笑道：「總之，我也會用家長的管道去教育局申訴的，我想他們應該會好好跟貴校的高層聊聊到底是怎麼回事。」

聽到「教育局」，兩位老師都著實一驚，表情也尷尬了起來。雖說糖糖被退學的事情也並非他們能決定的，但看來糖糖的媽媽也的確不好惹，非三言兩語就能打發走。佑薰倒是氣定神閒，轉身就走。臨走前她還對教室裡的糖糖露出微笑，比了個掰掰的手勢。糖糖原本憂心忡忡，看到媽媽的微笑卻放心了不

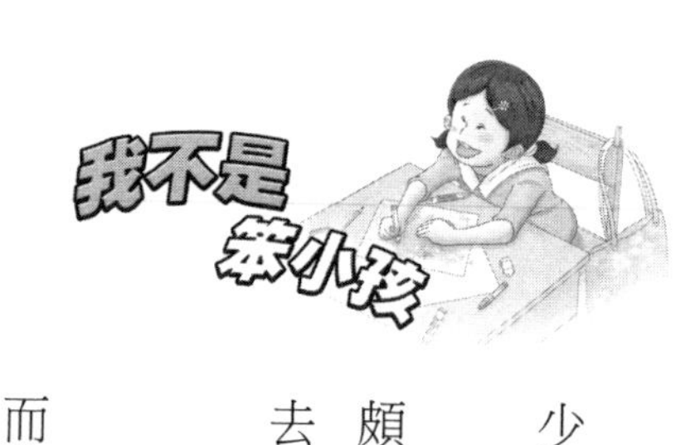

少，也舉起手爽朗地笑笑。

「聽說，我們今天是最後一天上學。」口吃的小奇想起這「惡耗」，壓力頗大，吞吞吐吐地與宗孺交換著意見。「怎……怎麼辦？我們要不要去說……去說對不起？」

「我也不知道……說對不起，是不是就能繼續上學。」宗孺嘆了口氣。

剛剛宗孺得知退學消息時，已經慌張地打電話回家，又邊哭邊稟告爸爸。而宗孺爸爸也表示很生氣，說馬上就要到學校來瞭解情形。

「我要叫我爸爸，打給糖糖的媽媽。」宗孺喪氣地說。

※

當宗孺的爸爸著急地打來時，佑薰正巧剛離開學校。她立刻驅車趕往宗孺爸爸經營的雞排店。

「不覺得孩子們這樣太可憐了嗎？他們根本沒做錯什麼！」糖糖的媽媽佑薰把今早的工作放到一邊，努力地想辦法。

宗孺爸爸個性並沒有宗孺那麼溫吞，反倒是充滿魄力。「說什麼我孩子打人推人，證據在哪裡？學校不是有監視器嗎？調畫面出來我看看！」他先是打電話到學校訓導處，又把小奇的爸爸也叫到店裡。

三方家長一同商討「對策」。最後，決定照糖糖媽媽所說，輪流打電話到教育局抗議。

「剛剛已經接到類似的電話了，我們會請學校暫停退學處分，等調查清楚再說。」接電話的督學戰戰兢兢地回應。

「這才像是人話！」小奇的爸爸終於心平氣和地掛上電話。看來打電話給教育局這招奏效，永親國中也很快地回電給佑薰。

「妳們本來就該把事情弄清楚再處罰孩子！」佑薰嘆了口氣。「我們的孩子或許不是絕頂聰明，但絕對不會隨便傷害別人！」佑薰認為事情已經告一段落，孩子也不需要退學了。當天也是一到下午三點，就步伐輕盈地前往特教班接糖糖放學。

沒想到，映入她眼簾的，竟是糖糖哭泣的身影。而一旁的宗孺與小奇也心灰意冷地站在糖糖身側。

「天啊……發生什麼事了？」佑薰踏著高跟鞋的雙腿越跑越急。

大塊頭宗孺吞吞吐吐，說明了今天下午發生的事情。「訓……訓導主任找糖糖去，挨了幾句罵，結果糖糖不甘心，就打了訓導主任……」

「啊？糖糖，妳真的動手打人了？」佑薰輕輕握住糖糖的手，而她只是低頭啜泣。

「很抱歉，糖糖的媽媽……糖糖今天當著全辦公室老師的面，用力揮手打了訓導主任好幾下，大家都看到了。很明顯地，這孩子情緒管理有問題，還請您多費心了，抱歉，也請您接受這處分吧！」高老師臉上的表情並不那麼「抱歉」，反倒像極圈的冰山般冷峻。

他繼續說道：「宗孺、小奇不必退學，可是糖糖的處分，已經下來了。畢竟小孩子對大人動手對腳，也讓訓導主任難下台階。」

高老師還沒說完，只見一向溫柔婉約的黎老師伸手阻止他，堅定地搖了搖頭。佑薰的眼淚已經止不住，一來她不敢相信糖糖打人，二來更是認為糖糖受了天大的委屈。最後，心疼的佑薰深深吸了口氣，柔聲對糖糖說道：「來，糖糖，跟老師說再見，跟宗孺、小奇說再見。」

糖糖抬起滿是淚水的臉龐，一見到宗孺與小奇不捨的神情，她更是心碎。

「今天是妳最後一天來這裡上學。」佑薰試著用平靜的語調對糖糖解釋。「來，妳先好好跟他們說再見，我們再走。」糖糖明白媽媽的意思，溫順地點點頭，任由媽媽用面紙替她抹去眼淚。糖糖撥開瀏海，露出淺淺的笑容。

「高老師，再見；黎老師，再見。」她掛上淺淺的笑容。「宗孺、小奇，再見！」

宗孺也受不了這樣的離別，急忙上前用力握住糖糖的手。

「糖糖，就算以後妳不會來學校，可是，宗孺知道妳的家在哪……」宗孺真誠的目光閃閃發亮。「宗孺，宗孺想再去找糖糖玩！」

「小……小奇也……也要去找糖糖玩……」小奇也連忙接腔，眉心蹙成一團。三個孩子抱在一起，看得一旁的老師們也倍感辛酸。高老師乾脆背過身，而黎老師也說了句「糖糖，保重身體，老師先離開了」便匆匆離去。

望著眼前無辜又悲傷的三個特教班孩子，糖糖的媽媽強忍淚水。而宗孺的爸爸也走了過來，輕聲安慰。

「佑薰啊！別太難過，我們做父母的，關關難過，還不是關關過？」宗孺爸爸苦笑道。「至少我們的孩子，還懂得珍惜彼此的友誼。」

「是啊！」佑薰止住鼻酸的衝動，對宗孺爸爸感激地輕輕鞠躬。「雖然孩子被退學了，但我們以後還要繼續往來呢！」

「是啊！我一定會再帶宗孺過去叨擾的，就怕孩子太想念對方了。」宗孺爸爸溫暖地笑笑。

03
媽媽的抉擇

今天一早起床，糖糖心情很好。當日光穿過落地窗的紗簾，撒進客廳時，佑薰正在泡茶，做吐司早餐給糖糖吃。

難得的上學日，母女倆卻不急不徐地享用早餐，不必怕鬧鐘響或趕不上公車。

因為糖糖已經被退學，不需要上學了。

「往好處想，這倒是一段可以清閒度過的時光。」佑薰替糖糖泡了微甜的紅茶，摸摸她的頭。

淺綠色的格紋桌巾上，擺有鬆餅、蔬菜湯和蕃茄沙拉。今天不必吃速食早餐，讓糖糖樂得拍手。

「慢慢吃喔！糖糖。」佑薰故作開朗地說。「妳從今天開始就不用去上學了。」

「不用上學，其實很開心。」糖糖對於自己的發言有些羞愧，說完還吐了吐舌頭，惹得佑薰哈哈大笑。

「沒錯啊！人啊！要往好處想，」佑薰拍了拍糖糖。「被退學也沒什麼！大不了就別去上學！」

「唉！話不能亂說。」一個慈藹中帶著責備之意的聲音從玄關傳來。原來是糖糖的外婆，帶了一個棕色手提包，逕自推開客廳大門走來。

外頭陽光普照，玄關的木頭地板泛起溫暖色調，配上外婆和煦的笑容，糖糖與佑薰驚喜地笑了起來。

「外婆！」糖糖起身，衝到玄關。

「唷！是我的乖孫女兒！」個頭矮小卻粗壯的外婆一把抱住糖糖，轉頭看向佑薰。「我接到妳的電話就搭公車過來了。可是，妳千萬別說什麼不去上學這種鬼話！」個性爽直的外婆笑呵呵的，語氣倒是直接了當。「孩子還是該受教育的，妳不能替她決定讀不讀書這件事。」

「媽，我剛剛那只是氣話，我會幫糖糖找新的學校的。」佑薰垮著肩膀，苦笑道。從多年以來，媽就放心不下她與糖糖，經常三不五時從隔壁城市來探

望糖糖。

「外婆，妳好香啊！」糖糖撒嬌地聞著外婆身上的柑橘精油味。外婆親切地摸了摸她的衣服。

「我的小孫女嘴巴每次都這麼甜，難怪叫糖糖。外婆這次有帶了讀書用的精油來給妳，可以安定神經，讓妳心情很好。」

「媽，別說了啦！」佑薰苦笑道。「糖糖聽不懂什麼安定神經的……」

「妳又亂說話。」外婆瞪了佑薰一眼。「對孩子講話沒什麼『懂不懂』。多說就會懂，再不懂，她自個兒會問我。妳就別多事了，這樣只會限制她的成長！」

糖糖拉著外婆的手到餐桌坐下。「外婆來吃飯！」

「糖糖真貼心，外婆的確還沒吃飯呢！這一桌的西式早餐，外婆還真是一陣子沒吃啦！」

外婆脫下絲巾，優雅地往桌旁一放。

看見自己的媽媽前來，縱使仍免不了被碎碎唸一番，佑薰的心中還是多了些踏實感。而看到媽媽與糖糖愉快用餐的模樣，佑薰更是感到有些感慨。

十三年前，當醫生宣佈自己腹中懷胎四月的孩子可能患了唐氏症時，佑薰感到一陣天旋地轉。

當時她所接受的檢查為「羊膜穿刺術」，是一種常見且安全的胎兒檢驗方式。

到醫院看報告那天，醫生面有難色地說：「太太，您的孩子染色體異常的可能性滿高的。」

「什麼意思?染色體異常會怎麼樣?」

佑薰才只是個剛踏入社會的女孩，對於唐氏症根本不瞭解。自從醫生告訴她這個消息之後，佑薰才漸漸瞭解，唐氏症的孩子主要可能有先天性心臟病、免疫力低、中到重度智能不足的情形。

而且，這類「唐寶寶」出生後無法藉由手術或藥物根治病情，需要家人長

期的照顧。

「妳最好把這個有問題的孩子墮胎，拿掉她！」未婚夫與佑薰大吵一架。「我不可能把大好人生，都浪費在這種有問題的孩子身上！」

「什麼叫有問題的孩子！」佑薰哭吼道。「你不是說很想要個孩子嗎？只要是孩子，都有活下去的權利……她已經是個小生命了！你做爸爸的，竟然嫌棄她？」

未婚夫離開後，佑薰摸著懷胎四月的肚皮，眼淚不斷地往下流。一想到小寶寶正在她肚子裡頭努力地搏動心臟，想生存下去，佑薰實在很難過。

把這樣的小生命扼殺掉，佑薰實在捨不得。但是，唐氏症的寶寶如果真的來到人世，是不是也會過得很辛苦？

眼看自己的肚子一天天大起來，佑薰不知道該去墮胎，還是先把孩子生下來再說。

「太太，其實您所接受的檢查，並不是百分之百能確定孩子是否為唐氏症

的，這點您一定要知道。」二次問診時，醫生為難地說。「也是有產婦檢查正常、卻依舊生出唐氏症的孩子。反之，您腹中的孩子也有少數百分之一的可能性，並沒有罹患唐氏症。因此，這個檢查只是參考，輔助您做判斷。」

「那，我生下來的孩子，也不一定會有唐氏症。」佑薰撫摸著自己懷胎四月的肚子。

「還是要跟這百分之一的機會賭一賭呢？」

當佑薰為了尚未出世的孩子倍感焦慮時，來到她身邊的正是她的母親，也就是糖糖未來的外婆。

佑薰永遠都不會忘記，那天母親帶了滿滿一鍋燉雞湯來，說要給她補補身體。

「我沒辦法替妳做決定，同樣地，妳也不該替妳未出世的孩子做決定。孩子的路要靠她自己去走，而我們做母親的，只需要賦予她生命，給她需要的愛就夠了。這個孩子用什麼態度去面對人生，她會痛苦還是會快樂，我們現在是不會曉得的。」

母親輕柔的一句話，點醒了佑薰。

「是啊……倘若我真的是為了孩子著想，我應該讓她有活下去的機會。」佑薰抹去眼淚。

「況且，我剛出社會，還年輕，可以多賺點錢，也有媽媽陪伴著我……不如，就先把這個孩子生下來。」

十三年前的佑薰，勇敢地做了這個決定。

而當糖糖出世，滿一週歲的那年，佑薰的未婚夫選擇逃避，正式消失在她們母女的生命中。

佑薰也搬到了一個離母親更近的城市，從設計師小助理開始幹起，每天畫畫、設計，最後小有名氣、累積客戶之後，她便獨立開了工作室，天天在家中工作，陪伴糖糖。而糖糖也遺傳到佑薰獨立又樂觀的個性，總是笑口常開，又懂得誇獎別人、看見別人的優點。

03 媽媽的抉擇

※

身形圓潤嬌小的糖糖，正獨自在窗明几淨的客廳玩著芭比娃娃。她將芭比的衣服脫了又穿，穿了又脫，最後，糖糖用芭比擺出不同的姿勢，趴在地板上作起素描。

午後的落地窗外，偶爾經過的幾台機車，蕾絲窗簾被拉到一旁，優雅地束起。房中的每樣東西幾乎都是自製或從平價通路買來的，卻被糖糖的媽媽——佑薰給佈置得美輪美奐，而佑薰的工作桌也在客廳，在這樣舒適的環境中，她也有更清爽的心情去面對每一天的挑戰。

這些挑戰，包含工作上的挑戰，與照顧糖糖的挑戰。

而今天佑薰最大的難題，便是要替往後的糖糖找到新學校。她先是上網看了幾家附近的學校，又撥了幾個電話。

一旁的外婆則邊梳理著灰銀色的捲髮，邊看糖糖畫素描。

「我覺得糖糖真的畫得很不錯，她一定會越來越聰明。」外婆的這些話，

聽在佑薰耳裡卻有些心酸。

唐寶寶們的智力經常只有七八歲，有些則是重度智障，很難在智力上有所突破。

所以，佑薰其實並不期待糖糖「變得更聰明」，她認為目前的糖糖已經很好、也很盡力了。

但不可諱言地，糖糖的繪畫技巧真的一直在進步。這點佑薰也感覺不可思議，或許，是因為她總是給糖糖用不完的畫具與圖畫紙吧！糖糖或許平常無法乖乖讀書長達十五分鐘，卻可以專注地畫畫，畫上一整天也不成問題。

「外婆，我是畫家喔！」糖糖發現外婆正注視自己，撒嬌地說。「妳看，我已經畫了好幾張。」

「真棒！妳的配色外婆好喜歡！」外婆珍惜地拿起糖糖的畫紙。「不過，妳這件衣服都還沒有上色，好可惜啊！」

「我來上色！」糖糖聽見外婆的鼓勵，更加勤奮地塗色，把先前半放棄的

作品，又一一認真補救回來。

「哦！現在這樣，真是太棒了！芭比的裙擺飛得很高，真美！」外婆認真地讚賞著。

說到這裡，外婆輕柔地轉過身，眼睛一亮。「佑薰啊！我說，妳不如給糖糖找個畫畫補習班，或者送她去美術班吧！」

「咦！美術班？」佑薰自己就是美術班出身的，但給糖糖學畫，這念頭她倒是想都沒想過。

「但我想……」佑薰面有難色，低聲反駁道。「美術班應該不收特教班的學生吧！大多要智育優秀的……」

外婆一聽板起臉孔。「連妳這作媽的，都給自己孩子這麼多限制！妳又沒去問，怎麼知道現在的美術班是什麼樣的？說不定她們看了糖糖的畫，會給她機會啊！」

佑薰本想反駁說「不可能」，但她也知道自己媽媽的硬脾氣，一定會唸得

她滿頭包。

「唉！我知道了，我也希望給糖糖學畫啊！我會找找看有沒有適合她的地方。」佑薰委婉地解釋道，手指敲起鍵盤。

糖糖的下一間學校，到底在哪裡呢？

04
美麗的新老師

「糖糖的新去處，該是什麼性質的學校才好？」佑薰想了一天，也打了好幾通電話。當糖糖在客廳玩時，她就跑到房間去講電話，怕的就是被糖糖嗅出電話中的拒絕之意。

「哦！是這樣啊……嗯！我瞭解了，謝謝。」又是一通拒絕糖糖入學的電話。佑薰的肩膀垂了下來，臉色很難看。如果可以，她真想對電話中這些「名校」的教職員們破口大罵。不過佑薰心底清楚，每個學校本來就有自己的入學規定，糖糖從特教班出身，不僅課業可能跟不上，就學籍的轉移資格來說，也未必符合，實在很難於學期中途插班。

「這樣下去，我可能得自己教糖糖了。」佑薰自嘲地笑了笑。此時，她倒是靈機一動，何不給糖糖請幾個家教呢？讓她就在家裡上課呢？

「唉！基本的數學要請，語文也要請，畫畫更得請，還有社會、自然科學……」佑薰掐指算了算，精明的她，馬上就知道請那麼多家教是行不通的。光靠她一個單身媽媽，每月薪水要養活自己與糖糖，還得給糖糖存一些錢以備

04 美麗的新老師

不時之需，就已經很有挑戰性了。若請了太多家教，財務規劃一定會大亂。

「我出去一趟喔！」佑薰決定讓外婆在家陪著糖糖，自己走一趟「唐氏症關愛基金會」。這基金會是專門支援唐寶寶父母與唐寶寶的，機構設有許多諮詢與資源，以便隨時在精神與物質上支援像佑薰與糖糖這樣的家庭。

佑薰還沒走到基金會門口，就發現外面圍了一群人。那群人多半是一些年齡不等的唐寶寶，每個人都蹲在地上，拿著粉筆彩繪道路。

一旁的志工騰出了路面空間，拉起粉紅色的友善布條，上頭貼著標語「我正在畫畫」，不少行人看見一群可愛的唐寶寶們專注作畫的模樣，也都禮貌地微笑改道經過。道路就像是一個大型畫布，供唐寶寶們自在作畫，有人畫了一軌長長的火車，有人繪出美輪美奐的加長型游泳池，還有人畫出華麗優雅的高空摩天輪。看著看著，佑薰的心情一下好了起來，真想把糖糖也叫來參加這個活動。

「這位太太，您府上的小孩也畫畫嗎？」後方傳來了日本腔的中文問候。

佑薰轉過頭一看，原來是個留著飄逸棕髮的日本女孩在對她說話。她滿臉笑容，眼睛笑得瞇瞇的，妝畫得有些厚，但看起來是非常溫柔開朗的女孩子，身上穿著唐寶寶基金會的背心。

看樣子是一位很可靠的美女，佑薰索性大方回話。「是呀！我家有個唐寶寶女兒，很喜歡畫畫。可是，妳怎麼猜到的？」

「因為您手背上有彩色筆的痕跡。」日本女生笑了笑。「我猜是不小心被您孩子給畫到的。」

「唉呀！我自己都沒有發現。」佑薰低下頭，苦笑道。「您是這裡的志工嗎？」

「您好，初次見面，請多多指教。」日本女生低下頭輕輕鞠躬，熟練地遞出名片。「我是來台灣做研究的奈奈老師。」

奈奈老師的名片上寫著「居家教育研究專員」。

「居家教育，是家教嗎？聽起來很厲害。」佑薰主動攀談，也遞上自己的名片。

「嗯！類似家教，但主要是提供整套系統性的家庭教育服務。老師或者家長，可以利用市面上既有的各種教材，在家裡幫學生上課。」奈奈老師有條不紊地回答，立刻引起了佑薰的關切。

「所以，孩子不必去學校也能上課嗎？」

「沒錯，老師到您府上教學，教學的內容很多種。其實，讓孩子受教育的方式不只是台灣的國民教育，如果政府核可，孩子們也可以透過教育機構，訂專屬的教材回家學習。」

「這樣子啊！」佑薰有點難以想像，奈奈老師則是親切地向一旁的家長招手。「張太太，我今天去您家上課時，方便帶這位太太一起去參觀嗎？」

這位張太太也常來基金會，跟佑薰在幾次家長活動中見過，便欣然答應。「不嫌棄我家小的話，歡迎來作客。」不知道為什麼，張太太聽見奈奈老師的邀請時，竟然露出有些得意又自豪的神色。

大概是奈奈老師的居家教育太出色了。佑薰不但好奇，更是對於所謂的居家教育躍躍欲試。

她馬上跟張太太、奈奈老師約好時間，準備帶糖糖過去拜訪。

「唉！我真傻，忘記問居家教育每個月的預算……」當佑薰帶著興奮又不安的心情回家時，外婆倒是三言兩語就明白居家教育是怎麼回事。

「哦！就是HOME SCHOOL啦，把家裡當學校！」外婆披上時髦的圍巾，秀了秀英文。「以前歐洲的貴族，都是讓孩子在家裡上課的，最早的家教老師就是從這個概念來的。有錢人的家教老師，還會長年住在貴族的莊園裡，陪孩子們長大喔！像是世界名著《簡愛》寫的就是一名家庭教師；海倫凱勒的蘇利文老師，也是這樣的老師。」

「哦！這麼一說我倒是能理解了。」佑薰恍然大悟。

「媽媽，會有老師來住我們家嗎？」糖糖在一旁聽得霧煞煞，天真問道。

「哈哈，不會有老師來住我們家。」佑薰摸了摸糖糖的頭髮。「不過，會

有老師來家裏幫糖糖上課?」

「上課?不是家庭訪問嗎?」糖糖似乎緊張了起來,印象中當老師來家裏時,通常會對自己的事情問東問西的,讓糖糖感覺非常不自在。

「不要,不要老師來家裏上課!」糖糖氣得漲紅了臉,揮舞手臂。雖然身形已經是個少女了,但她依舊表現出直率而任性的一面。母女倆經常因為這種芝麻綠豆大的小事而吵架,佑薰嘆了口氣,輕輕抓住糖糖的肩膀。

「糖糖,妳聽好囉!媽媽今天會帶妳出去玩,去看看別人家老師上課的情形,所以妳先不要急,媽媽保證,不會很可怕的。」

外婆在一旁倒是氣定神閒,她相信糖糖還算是個懂事的孩子,因此沒有出聲阻止糖糖與佑薰的對話,只好奇又俏皮地問了句:「等等的上課參觀,外婆也能去嗎?」

※

張太太邀請佑薰、糖糖與外婆三人在他們家的客聽稍坐。

這是一間看起來家境滿優渥的大房子，廳室都是高等建材，房內也飄散著高級精油的味道，地上還鋪有復古且華貴的英式地毯。

「抱歉久等了。」張太太不帶感情地笑笑，拉開客廳另一頭的簾子。隔著落地窗，可以看見客廳的另一面。奈奈老師與張太太的兒子，正一人拿著一個調色盤，在寬敞的石造書桌上，擺紙作畫。

「哇！」糖糖忍不住發出了羨慕的驚呼。

「原來這就是居家教育嗎？」佑薰也興奮地張大眼睛。

「噓！雖然我兒子知道今天有人要來看他上課，不過還是請妳們稍安勿躁喔！」張太太示意他們小聲點，佑薰連忙不好意思地點點頭。

張太太端上一些茶點，但糖糖對於那些小巧可愛的蛋糕與點心一點都不感興趣，只是貼著玻璃觀看奈奈老師上課。

「每次的上課日，奈奈老師在我們家一共待五到六小時，她是每四十分鐘規劃一堂課。」張太太有些驕傲地解說道。「自從奈奈老師來之後，我們小寶

都很期待上課，因為這種一對一的教育，最能照顧到孩子。」

「我聽說居家教育也有一對多的，像是一個老師帶五六個學生。」外婆好奇地問。「這樣孩子之間應該也比較有互動。」

「嗯！這倒也不錯。」張太太附合著。「畢竟孩子還是要多交交同齡的朋友比較好。」

張太太又拿出一本鵝黃色的記事本，上面用大小方格註明了每個月的教學進度，甚至還有每天的課程表。根據表上註記看來，今天上完水彩課之後，奈奈老師還準備了語文與基礎數學。

上語文課時，奈奈老師拿出筆電，邊播放影片邊和小寶一起練習發音，中途小寶覺得無聊正要開始發脾氣，奈奈老師立刻拿出準備好的布偶，陪小寶一起表演英文歌帶動唱。雖然幾乎聽不太懂英文，糖糖也跟著牙牙學語，在玻璃的這一面又叫又跳。

這番情景，讓佑薰有點心疼。原來糖糖除了喜歡畫畫以外，更充滿了對其

他事物的求知慾。即使她的智商只有一般孩童的八歲左右，糖糖的未來應該是無限寬廣的。

「妳還好吧？」外婆看見佑薰的表情很複雜，便輕聲關懷道。「別想太多了。」

「我沒有想太多啦！只是在想，每個孩子應該都受到的教育包含德智體群美，雖然我們家糖糖智育是比一般孩子慢發展，但還有其他教育的方向可以加強。」佑薰回答道。

外婆聽了，深有同感地點點頭。

糖糖瞧向奈奈老師的眼神，是那麼充滿嚮往與羨慕。她閃亮亮的神情沉浸在學習的快樂中，也引起了奈奈老師的注意。她先是低聲問了張太太的兒子小寶幾句話，隨後便親切地拉開玻璃門，用悅耳的聲音問道：「糖糖，下一節課我們要做陶土，要不要來幫小寶一起做個好大的游泳池呀？」

糖糖興奮地簡直要飛上天，但還是不忘回頭用眼神爭取大人們的同意。

04 美麗的新老師

佑薰望望張太太與奈奈老師，微笑地對糖糖點點頭。

「要！要！」糖糖這才露出歡天喜地的神情答應。

看見糖糖一起來「上課」，小寶雖然一開始有些彆扭，卻也有些害羞。

「來，糖糖、小寶，今天我們一起來做個很大的游泳池！」奈奈老師雖然中文不完全標準，臉部表情與說話時的活力卻非常有感染力。

「奈奈老師今天帶了個好大的袋子，等到你們把成品做完，我會拿去給專門的師父燒窯，燒完了之後就可以放水了。」

佑薰聽了，不免也替奈奈老師的用心與人脈感到驚訝。

「聽說她之後還想帶小寶去馬場騎小馬。」張太太半炫耀地說。

「真的是個很用心的老師呢！」佑薰微笑地答腔。外婆也披上圍巾，仔細端詳奈奈老師與糖糖的互動情形。

面對這麼「特殊」的教室與陌生的老師，糖糖不知道自己是要用「上課」的心情面對，還是要用「玩耍」的心情面對，她表情羞澀又尷尬。這點奈奈老師一眼就看出來了。

「來，糖糖，妳很棒喔！妳可以再示範一次剛剛那個捲土的動作嗎？」奈奈老師邊伸出白皙的雙手，與孩子們分享幾個基本的陶土揉捏技法。

「嘻嘻嘻！那我來做這邊的牆壁。」糖糖熟練了之後，還主動分工。她觀察奈奈老師帶來的樣本，又創造出自己的一套作法，奈奈老師也不忘對玻璃窗這頭的佑薰，比了個讚。

很少被老師稱讚自己的孩子，佑薰不禁淚眼矇矓起來。

糖糖捏陶土時簡直像換了一個人，不但又興奮又開懷，與小寶、奈奈老師互動的模樣，更是自在又充滿信心，與平常在家中的模樣大有不同。

「看來果然是要給她一個優質的學習環境啊……」佑薰與外婆交換了一個眼神。這時，兩人心中已經有了個決定。

05 神祕的小比賽

「好的，那這週就是我們過去拜訪囉！」佑薰掛上電話，又開始忙著準備將手邊的自製茶點一一裝入便當盒。

外婆則在一旁翹著二郎腿，邊織著圍巾邊打呵欠。「不用每次都帶茶點過去啦！奈奈老師的家教費，不是已經和張太太平分了嗎？」

「雖是平分家教費，但……人家家裡那麼豪華，我們總得帶些什麼過去謝謝她。」

「那不就是張太太自己家嗎？難不成還要跟我們收場地費和清潔費？」外婆懶懶地抬起眉毛，不以為然地說。

「畢竟我們也沒有每次都留下來幫他們清掃啊！帶點水果或者小點心過去也沒什麼，我或許買不起豪宅，但這點錢我還出得起。」佑薰語調堅定，正經地轉向外婆。「我不想讓張太太看不起，以為我們去她家白吃白喝。」

「哦！看來我把妳教得滿好的，有志氣，也不失禮。」外婆呵呵笑起來。

「真是的，老王賣瓜。」佑薰與外婆鬥起嘴來。有時候，她真的很慶幸，外婆三不五時會來這裡小住幾天，陪伴她與糖糖。

由於糖糖年輕輕就有先天心臟問題，血壓也經常比同齡孩子高，每個月都要上幾次醫院。不想去醫院時，糖糖寧願在家裡發脾氣，也不肯乖乖出門。這時佑薰與糖糖之間的氣氛常常變得烏煙瘴氣，連佑薰叫糖糖吃飯，她都會故意不來餐桌，想氣媽媽。像是昨天，糖糖還故意打破水杯，害佑薰難免又氣餒地落下幾滴淚。但只要有外婆在，外婆總是會用幽默又開明的方式開導糖糖，讓糖糖不再生氣。

「糖糖，乖，別碰水杯了，打破了還會割傷人，最後又是妳媽媽得清理。來，別再欺負水杯啦！外婆買了些紙黏土給妳玩，妳來欺負紙黏土吧！」

不過，自從開始固定接受奈奈老師的教育後，糖糖亂發脾氣的頻率的確明顯減少了。佑薰從電腦叫出一張圖表，上面用各種顏色的註記，寫著糖糖發脾氣的頻率與事件。

「看來居家教育真的很有必要。」佑薰與外婆討論道。「糖糖在情緒管理

上真的進步很多……」

「那是當然，多一份老師的關愛與照顧，一定有差。」外婆也認真地說。當佑薰白天去書房工作，糖糖也多半在客廳，自己笑呵呵地在練習老師所教導過的東西。糖糖會拿出英文字母，排列組合，邊聽兒童情境劇邊跟著發音，雖然還是無法獨力說出完整的英文句子，但卻開始記得不少的單字。

不過，最明顯的地方，還是在於糖糖的美術天份。除了傳統的紙筆塗鴉創作之外，她現在已經學會更多的創作方法，以前只在課堂摸一摸就放學回家，現在卻因為每週都以固定頻率接觸這些美術教育，而進步神速。

佑薰的庭院裡，擺著糖糖與小寶之前做的陶土游泳池。上週這項作品已經由奈奈老師的朋友拿去陶窯燒制完成。這個作品，是一個圓形的充氣墊式游泳池。糖糖負責製作的部份，質感看起來特別蓬鬆、又圓又挺，還做了一群小鳥與兔子停在水邊，比小寶做的部份還要熱鬧得多，創意也較好。

「糖糖這孩子真的滿有天份的。」奈奈老師曾私下對佑薰誇讚道。「小寶

已經學陶藝一陣子了，但糖糖之前沒上過陶藝課，頂多只有捏紙黏土的經驗而已，卻可以輕鬆掌握陶土的質地與特性。」

「還要請奈奈老師您多費點心啊！」佑薰感激地道謝，原本一向平淡的表情，也因奈奈老師的鼓勵，而變得豐富感性起來。

每當望向糖糖從張太太家帶回來的作品，佑薰的心中總是多了一份希望。糖糖一直是她的生活重心，而如今，糖糖自己也找到生活重心了。這種踏實的感覺，寫在佑薰美麗而中性的臉上。

「媽媽，我們要出門了沒？」糖糖催促著，每當上課的時間快到，她總會主動催促媽媽，前往張太太宅第的路上，腳步也一刻不停歇。

今天的糖糖自己挑戰搭配衣服，她穿了件莓紅色的春日小罩衫，搭上黑裙子，因為今天有水彩課，黑裙子也比較不怕髒。看到糖糖所費的心思，外婆與佑薰交換了溫馨的笑容。

一到張太太家，奈奈老師便帶著小寶出來迎接，此時糖糖發現，張太太家裏竟然也來了很多小朋友！

他們年齡多是國中生，也有幾個小六生，個子倒是都長得挺健壯高大的，不過笑容與談吐依舊跟孩子般純真直爽，幾個唐寶寶湊在一起，話也特別多，七嘴八舌地在客廳聊天。

「哦！今天好多人啊！」佑薰與張太太打招呼。「真是辛苦張太太了，早知道我就多帶些茶點，分大家吃。」

「不用啦！」張太太客套地笑笑。「奈奈老師已經帶一些點心啦！今天有個大活動呢！」

「什麼大活動？這麼多人……」糖糖倒是有些彆扭，因為她心底不太希望這麼多人來搶她的奈奈老師。

眼看奈奈老師被圍在一群孩子中央，連糖糖的問題都沒有聽清楚。這讓糖糖感到很失望，一個人在牆角生悶氣。佑薰與外婆也顧著與一群家長聊天，眼看都沒人主動來招呼自己，糖糖心中湧起一陣寂寞的感覺。

所幸，奈奈老師在眾多小孩與家長的紛擾下，總算有幾秒的眼神看向糖糖這裡。她今天把棕色捲髮紮起馬尾，像個高貴俐落的芭比娃娃般漂亮。一看見糖糖，奈奈老師就露出溫柔又寵愛的微笑。「糖糖，今天老師找這麼多人來，是想讓你們來場繪圖比賽。」

「哦？比賽？」糖糖參加過運動會比賽，也有參加畫畫比賽的經驗，不過比賽形式都是各自把作品在家中畫好，再用郵件掛號寄到主辦單位，過程中並不緊張。這次的繪圖比賽似乎競爭性強，壓力也大多了。

「等等老師會讓妳跟其他小朋友比賽，大家圍著大桌子把作品完成。」奈奈老師親切地解釋道，最後還俏皮地眨了眨眼。「糖糖，妳要加油喔！老師每次都好期待妳的作品呢！」聽到此話，糖糖害羞又感動，感覺時間幾乎要暫停了。奈奈老師明亮的大眼睛，讓她緊張得來不及回答。難得有老師這麼器重自己，糖糖更是求好心切，希望自己好好表現。

當其他小朋友還玩得鬧哄哄的，糖糖已經默默咬牙準備畫具與畫紙了。

「不好意思，之前沒跟各位家長明說，因為怕你們早早就告訴孩子我們要比賽，惹得大家都提前緊張，這樣就不好了！」奈奈老師還可愛地吐吐舌頭。「請大家把今天的比賽想成是聚會，就會輕鬆多了。今天，我會出一些主題，給各位同學用圖畫表達，然後我會選出三個小朋友，去台北參加我們研究機構的活動！」

奈奈老師又重新講解了一次比賽的方式，她還要參加這場活動的七八個小朋友先互相自我介紹，而她也在一旁幫著不擅言詞的小孩介紹自己。眾人這才知道，原來這些唐寶寶，都是基金會裡對畫圖頗有天份的孩子。而裡頭幾乎都是奈奈老師曾經指導過的學生。

孩子們一一做著自我介紹，在輪到糖糖時，她只講完了自己的本名，就尷尬得不知道要說什麼。奈奈老師自然而然地幫腔道：「糖糖是一個非常會畫畫的小朋友，除了技巧很好之外，糖糖也很有想法和創意，大家等一下可以看看她的作品喔！」

被奈奈老師這麼一稱讚，糖糖又羞又喜，低著頭不發一語，佑薰則在一旁輕聲提點道：「糖糖，抬起頭跟大家打招呼。」

最後，糖糖只得無奈地抬了抬眼，露出一個尷尬又怪異的笑。奈奈老師的稱讚，雖然讓她內心狂喜，但糖糖卻也感到沉重的壓力。萬一她等一下表現不好，該怎麼辦？其他小朋友或者家長會不會取笑她？

從小，糖糖就知道別人很愛笑她這種長相、神態都很特別的唐寶寶，而如今跟一群唐寶寶共處一室，她卻也難以放鬆。

直到畫畫比賽終於開始，糖糖試著一筆一劃將心中理想的鉛筆線稿鉤勒在紙上，這才感到平靜下來。

「專心畫，慢慢來。」她給自己打氣，眼看紙上的線條都乖乖聽話，草稿也很快完成，糖糖總算找回了心中那抹篤定而自在的安全感。

「這孩子總算穩住陣腳了。」一旁的佑薰對外婆說。

「是啊！我們應該多帶她外面走走，參加活動，認識不同的人，這樣她才不會那麼敏感。」外婆說著，而奈奈老師也聽見了她們的對話。

「其實啊！糖糖的抗壓性很高喔！美術創作除了要有技巧、有想法之外，更需要恆心、耐心去完成啊！」奈奈老師溫柔地瞇眼笑道。

佑薰感動得幾乎落淚，原來奈奈老師一直將糖糖的努力看在眼底呀！

「奈奈老師，您說得不錯，糖糖這孩子的確花上一整天畫畫都沒問題，絕對有耐力。」外婆咯咯笑了。

第一輪比賽，需要孩子們花費半小時完成，不少孩子知道時間來不及，乾脆放棄了，紛紛磨蹭，一旁的家長也沒什麼得失心，自然不著急，一樣在旁邊嚼點心、聊是非。

不過，糖糖可不一樣，她緊張得滿臉漲紅，身體熱呼呼的，彷彿體內有種驅動力在催促自己。這種熱血沸騰的感覺，糖糖還是第一次體會到。她專注地上色，一筆一劃輕巧又快速地完成，最後還趕在第一輪結束前喘口氣，慢慢用水彩筆尖端，修正輪廓。

「糖糖好棒啊！」望向媽媽對自己微笑，糖糖也不禁呼了口氣，比了個OK手勢。

第一輪比賽的題目為「家」，糖糖畫出了一個她心目中夢想的家，藍天白雲下，有座漂亮的美式牧場。這個靈感是她從美國電影靈犬萊西裡看來的，糖糖還在草地上畫了一個牧羊人家庭。

「好，各位同學休息幾分鐘，老師會在休息時間仔細看過你們的作品。」

糖糖望向奈奈老師，真想知道什麼時候成果會出來。雖然她不知道奈奈老師選出得獎者之後會有什麼獎品，但糖糖想贏的心情，卻充分顯現在她炯炯有神的目光中。

「好，麻煩小朋友們來參加第二輪比賽，這次的題目一樣也是『家』。」奈奈老師宣佈道。

「『家』？咦？怎麼又出了個一樣的題目？」在場的父母與孩子們都吃了一驚。

「這次的比賽時間比剛剛更短喔！只有二十分鐘，想要參加的小朋友，歡迎趕快來前面。」奈奈老師依舊是若無其事地笑著，揮手示意孩子們過去。

聽到這一輪又要畫「家」，糖糖雖是疑惑了一下，卻沒有任何怠惰或放棄的意思，立刻直奔工作桌，拿起白紙就開始打稿，一舉一動充滿魄力。

「『家』這個題目，剛剛就畫過啦！還要畫什麼啦？」小朋友跟家長們抱怨著。

「是這樣的，很多孩子都很有創意，但我希望他們要有源源不絕的靈感，即使面對同樣的題目，都能畫出新意。」奈奈老師笑著跟家長解釋道。

有家長皺眉苦笑。「他們只是一群唐寶寶，奈奈老師妳真的想太多了。」

「不！」奈奈老師揚高聲音，嚴肅地瞪大眼睛。「千萬別說他們『只是』一群唐寶寶，如果好好培養、訓練，讓這些想畫畫的孩子更精進，他們會是一群未來更寬廣的唐寶寶。」

剛剛的家長聽了，有些尷尬，有些則面帶羞愧。

05 神祕的小比賽

其實，佑薰非常認同奈奈老師的看法。在她看來，這群唐寶寶多半從小就在父母家長的憐憫眼光中長大，或許像溫室的花朵般，很得父母寵愛。然而，等他們長大了，一樣需要面對社會上的各種競爭。

特別是眼前這些小朋友，幾乎每個都是很愛畫畫、對畫畫也有天份的唐寶寶。不好好讓他們在自己的擅長事物上發揮競爭力，或許是可惜的。

「如果只因為他們是唐寶寶，就必須輕輕鬆鬆地上課，不需要精進任何畫畫技巧，也沒有比賽的機會或者壓力，這樣對他們而言未必是好事情。」奈奈老師私下對爸媽說著。

望向那七八個圍在工作桌旁作畫的孩子，父母們點了點頭。

而最後的比賽，是由糖糖與另外三個同學勝出。

奈奈老師宣佈，勝出的同學們將到台北去進行一場畫畫比賽。

「這是台北大出版社辦的全國比賽，我們基金會派四個同學去參加，現場會有八十多位來自全國各基金會的小朋友一起參賽，有些有罕見疾病，有些來

自破碎的家庭，有些則是在一般教育體制下訓練出來的小畫家，這是個很大的場面，也是個很好的機會教育，我希望大家可以多多去參加這樣的活動。」

「嗯！給糖糖見見世面也很好。」佑薰摸了摸糖糖，而她才剛完成另一幅作品，身體還非常緊繃，臉卻熱呼呼的。糖糖對於贏得這個比賽，感到不敢相信，但一方面，她也知道自己已經掌握到潛能了。

握在手中的畫筆，是那麼地聽話，可以把心中所想像到的景象一一精準完成。對糖糖來說，這種安心又自信的感覺，就像是一把溫暖的火，把她的心烘得暖洋洋的。

不需要害怕去台北比賽，我要替自己、替媽媽還有外婆，完成一幅漂亮的畫。糖糖激動地將手放在胸口，如此想著。

06 大明星的微笑

上台北的日子一天天近了。這天，糖糖獨自上街買畫具。

糖糖偶爾也會獨自出門去買東西，與其拉著媽媽和外婆陪同，糖糖更喜歡自己出門。她笑得比平常更燦爛，抬頭挺胸的走。糖糖知道自己的外表有點特別，或許會引來路人側目，不過，她已經會學著不去在意別人的眼光。

「我也是個少女了。」最近這樣的想法越來越常出現在糖糖心中，現在的媒體，從健康主題的雜誌、到電視上的偶像劇，無一不吹捧著「少女」這個時期的重要性。糖糖對於「少女」的意義也還在探索，她看著電視上與漫畫裡美麗的年輕女孩子大聊上高中的甘苦談、談戀愛、送情人節巧克力、約會，糖糖的心中隱約知道這些事情似乎比較容易發生在別人身上，而不太可能發生在自己身上。

那樣也沒關係。反正，上天一定會眷顧我。糖糖不去思考不切實際的偶像劇場景。但她的確意識到，自己該長大了。而最像「長大」的一件事，便是學習獨立，學習自己一個人。

06 大明星的微笑

因此，已經十三歲的糖糖，最喜歡自己去街上走走，透透氣，離開每天都要待上二十小時的家。雖然糖糖非常喜歡自己乾淨整潔的家，但她也很期待偶爾能夠出門買東西，透透氣。

而糖糖最近最幸福的時刻，便是在人行道的商店櫥窗中，無意間看到自己的身影。她意識到自己的胸部開始發育了，腿也變長了。

「我也是個普通的少女呀！」每當望向櫥窗中的倒影時，糖糖心中更有種激動。

像是今天，雖然只是要走到三條巷子外的文具店去買畫筆，糖糖仍舊心情愉快，很高興地獨自享受著散步的樂趣。

文具店外的雜誌攤位上，每次都擺了好幾張大明星的臉。多半是知名週刊雜誌的成功權威人士肖像，或者偶像明星級的俊男美女。特別是最近有出現在偶像劇上的那幾位，糖糖偶爾會在廣告上看過。

有張臉正視著鏡頭，也正視著此時的糖糖。糖糖被他炯炯有神卻也帶著親

和力的眼神吸引了，停下腳步。

這本雜誌是當期的男裝時尚雜誌。不但是本糖糖從沒注意過的雜誌，而封面上的男星，糖糖也只在幾則新聞裡看過。因為媽媽不但不喜歡糖糖看偶像劇，更會幫她過濾新聞，只挑幾則You Tube網站上的新聞給她看。

「專訪一代動作巨星：鄒佳捷。」

雜誌封面上這樣寫著。因為不太會唸對方的姓氏，糖糖也只是對那位明星的臉龐有些印象而已。那是張溫柔而帥氣的臉，小麥色的肌膚、爽朗而堅定的笑容，淺褐色的眼睛與散發健康光澤的黑髮，更會讓人忍不住停下腳步注視。

而糖糖萬萬想不到，自己也有跟這位大明星近距離接觸的一天。

※

糖糖上台北比賽的日子，終於到了。難得有機會來台北一趟，媽媽早早地就帶糖糖看了雄偉的台北一〇一大樓，又買了幾樣稀奇的知名連鎖店點心給糖糖吃。雖是來台北比賽，但糖糖也不那麼緊張了，她反而放開感官，用心地感

06 大明星的微笑

受每一項新鮮、新奇的體驗。不管是街上的建築、口中的點心，或者刺激的體驗……糖糖全都非常珍惜，她真喜歡這種出來透透氣的感覺。

有媽媽與外婆的溫言鼓勵，又吃了好多美味的東西、看了許多有意思的景點，種種特殊的經驗，讓糖糖感覺今天一定是個美好又特別的日子。

就跟她本身一樣，是特別的。

當糖糖抵達比賽會場時，好不容易才認出朝她們招手的奈奈老師。她今天不但穿上隆重的小禮服，妝也畫得好濃，彷彿是藝人一樣。一開始糖糖看到奈奈老師戴上假睫毛的模樣，還有些心生畏懼。

直到奈奈老師露出讓人熟悉的笑容，糖糖才放下心來。

「糖糖，今天妳會有很多競爭對手，但是老師對妳有信心，不管抽到什麼題目，妳儘管畫，老師心中的糖糖一定是最棒的！」奈奈老師燦爛地笑道。

「嗯！老師放心！」被深深期待的糖糖立刻真誠地笑著回應，元氣滿滿。

今天這個繪圖比賽，是全國性的大比賽，由來自台灣各地的基金會、聯誼

組織推薦的小畫家參賽，其中有像糖糖一樣的唐寶寶、也有一些罕見疾病的小鬥士，來自單親家庭聯盟的孩子也不少，其餘便是其他特殊教育體系底下的年輕同學們。

他們的年齡都不超過國三，有些只有小五、小六。糖糖抽了號碼牌，進入被淨空的一個大廳中，每個人都分配到一張又大又新的工作桌。

「好像考試啊……」這是糖糖對比賽會場的第一個感覺，不過講台上多了豪華的花壇與講桌，更有市長和幾位基金會會長等著致詞。

禮堂上掛著紅色橫條，上頭寫著全國中小學特殊教育協會暨民間機構「圖畫書比賽」。

這項比賽，是要參賽者在一小時內，用現場提供的八頁空白紙，做出一整本圖畫書。比完賽之後，小選手們可以享用聯誼餐會上的點心，評審則會在餐會後公佈得獎者。

糖糖從小就看很多圖畫書，而這幾天來，奈奈老師也不斷給糖糖作了不少

「祕密特訓」，糖糖光在一週內就曾完成過三本圖畫書，因此，面對這次的大場面，她只要一緊張起來，就努力回想先前的經驗，心神就不再那麼慌亂無主了。

「比賽即將開始，請家長移動到後方的等候區休息，不要待在場內。」主持人悅耳的聲音從會場的喇叭流洩出來，聽在選手耳中卻是緊張萬分。

糖糖轉頭想找媽媽與外婆，發現她們的身影已經被另一群黑壓壓的家長人群給蓋住了。不過，糖糖告訴自己，不需要擔心，反正等一下就能跟媽媽見面了。

這下，會場內只有滿滿的選手圍在各自的工作桌旁，不見其他閒雜人等。

「我要專心比賽了！我可以的！」糖糖再度給自己打氣，並整理自己帶來的畫具。為了方便「揮灑」自己心中的靈感，糖糖帶了蠟筆、彩色筆，連水彩都帶了。雖是萬事具備，但說要完全放鬆還是不可能的，更何況，糖糖還不知道比賽的題目是什麼呢！

「今天的大會指定題目——『活力城市』，重複一次，『活力城市』。」終於開始了。糖糖此刻的內心簡直是鑼鼓喧天，各種思緒在她腦中交戰，草稿要怎麼打、人物要穿什麼衣服、故事該怎麼規劃，想得糖糖又急又慌。

糖糖腦中浮現出奈奈老師特訓時的「小祕訣」。

「我很好，我很棒，慢慢想，但要快快動作。」糖糖也不忘聽媽媽教的，深呼吸。這幾招果然有用，糖糖知道，接下來要靠自己了。

她根據主辦單位給的題目「活力城市」，想出了一個故事。糖糖先拿張白紙隨意打稿，又注意了一下時間。她花了十分鐘想故事，還有五十分鐘可以畫完八張圖畫紙，把故事的起承轉合說完。

「主角要穿紅衣服。」糖糖先試探性地畫了幾筆，此時，她注意到隔壁有個看似很正常的國中少女。從五官來看，對方不像糖糖一樣有唐寶寶的面部特徵，長髮翩翩，身材優美高挑，臉蛋又漂亮。看她氣定神閒的模樣，糖糖不禁有些分心。她不曉得是從哪種基金會來的？是不是比自己還優秀呢？

06 大明星的微笑

這時，糖糖正巧看到主辦單位的幾個評審緩步走來。

剛剛糖糖聽介紹，知道他們大概都是些美術老師、或者特殊教育的專家，這些評審也都是和顏悅色，用鼓勵的眼神望著每位小選手，不過，其中有個評審長得好面熟，既高挑又顯眼，五官俊美得像大明星。

哎唷！不對，他就是大明星呀！就是糖糖去文具行買東西時，在雜誌封面上看到的動作明星……糟糕，有點忘記他的名字。糖糖低下頭，不敢多看大明星一眼，誰知道對方似乎感受到自己的目光了，踏出步伐穩穩走來。

「嗨！」對方八成是個特別貼心的大明星，看見糖糖的選手參賽牌，親切地稱呼道：「糖糖，妳好！」

被這麼一叫，糖糖彆扭又驚慌地抬起頭，這一眼，正好瞧見明星大哥哥的微笑。

「妳好，糖糖。」對方還溫柔地伸出手，糖糖連忙把自己沾上水彩顏料的手擦了擦，伸手回握對方。

「你……你好。」這麼一近看，大明星的爽朗笑容更是親切，像是鄰家的大哥哥般耀眼又讓人舒服。糖糖不知道如何是好，耳根都漲紅了。

「不好意思，打擾妳畫畫了。」大明星似乎還想多說什麼，但其他的評審似乎要帶他走到別排的參賽選手那裡，糖糖急忙緊縮著身子，傻在一旁。

「好不容易走了。」糖糖心裡暖暖的，倒是鬆了口氣。她有瞧見剛剛那個大明星的目光。他的神態十分尊重糖糖的作品，臨走前特地用望了桌上的畫紙幾眼。

平常，糖糖只有和親人、老師、同學說過話，像這種高大帥氣的陌生大哥哥，幾乎是不會在糖糖生活圈中出現的。但當糖糖抬起頭望向大廳的講台時，總算瞭解這是怎麼一回事了。

原來那位明星大哥哥，是來代言這次的活動的。瞧他挺拔陽光的身影，正被印在大型看板上呢！

看板標題還寫著：「每份關愛，都是前往未來的鑰匙。」

雖然不太懂這句話的意思，但糖糖非常喜歡「鑰匙」這樣的描述。於是，她靜下心回到眼前的畫作中，替畫中的女主角加了一把大大的鑰匙。

鑰匙是藍色的，天空般的藍色，掛在身穿紅衣的女主角胸前。

糖糖對於這故事的第一頁，感到很滿意。而接下來的劇情，她也就越畫越穩、越畫越好了。

比賽順利地結束了。

糖糖與媽媽、外婆到餐廳用餐。面對這麼大一群陌生人讓糖糖很緊張，也顯得有點畏畏縮縮。

但是，糖糖都看見了。媽媽跟其他家長聊起自己時，眼神中有關愛、有憂心，卻也有滿滿的驕傲。

「是啊！我家糖糖，是唐寶寶，我在她還沒出生時就知道了……不過好高興有她，她真的很努力，不管發生什麼難關，她一直都笑咪咪的。」

「我才沒有媽媽說的這麼好呢！」糖糖困擾地紅著臉，卻也禮貌地對其他

家長微笑打招呼，大家都說她很有家教。

糖糖也不忘尋找剛剛那位大明星哥哥的蹤影，不過，他似乎和其他評審一起行動，並沒有特地出現在餐會。

餐會結束了。當評審宣佈，糖糖就是比賽冠軍的那一刻，媽媽激動地抱起糖糖，溫暖的淚水落在糖糖的臉上。

07
缺席的爸爸

「我真的……我真的得獎了嗎？」糖糖暈陶陶地轉頭，望著周遭的外婆、奈奈老師、媽媽，甚至好多好多她不認識的人都在替她鼓掌。

「趕快……趕快去台上領獎。」大家慫恿著糖糖，她更是緊張地奔向舞台台階，一度差點滑倒。

這一跤，被一雙溫暖的大手給扶住了。

「嘿！還好嗎？」扶住糖糖的人，正是那個明星大哥哥。

「恭喜妳耶！剛剛評審時，選手的作品都是匿名的，原來我們選的，是妳的作品呀！」大明星溫暖一笑，害糖糖內心一陣小鹿亂撞。

幸福又興奮的情緒攀上她全身，搔得她暖洋洋的。大明星哥哥牽她站到舞台正中央，親手把閃亮的獎盃頒給她。

主持人也在一旁高聲地宣佈糖糖的全名，「全國圖畫書冠軍」的頭銜響起時，現場鎂光燈大作，不管是政府派來的攝影師或者電視台的記者，都紛紛捕捉糖糖尷尬又彆扭的領獎神情。

在大多數的照片中，糖糖笑得非常僵硬，甚至一瞬間露出驚恐的神情。

不過當明星哥哥輕輕握住她的手時，糖糖突然感受到自己在這陌生偌大的舞台上，還算有個依靠。

「我們請這次的評審之一，動作巨星『大鄒』來說幾句話。」記者將麥克風伸向明星哥哥。

糖糖這才瞥見他的名字，是「鄒佳捷」。

大鄒抬起雙眸，迷人而真誠地對上攝影機鏡頭。

「各位記者先生小姐好，大鄒這次很幸運有機會來代言這次活動。這位參賽者，糖糖，她在圖畫書中用一個帶著鑰匙的小女孩當主角，小女孩在城市中到處遊覽，用鑰匙一一打開希望的房子，畫風很溫暖，讓我好感動。」

聽到明星大鄒提到自己，糖糖肩頭一縮，害羞又驚訝。原來自己剛剛趕時間拼湊出來的畫作，真的獲得了評審的青睞。而從大鄒的神情看來，他是真的很喜歡自己的作品。

「哦！那這位小冠軍，得獎了開不開心？」記者注意到糖糖的神情轉變，又將麥克風一窩蜂塞到糖糖面前，大鄒急忙伸手輕輕阻擋，以免糖糖被嚇壞。

「怎麼樣，小冠軍？得獎心情如何？」大家都在等糖糖開口，而她卻感受到好大的壓力，真想轉頭就走，還沒聽清楚這位記者剛剛的問題，又是另一張不熟悉的臉孔，強勢地向糖糖問話。

「小冠軍，剛剛大鄒說妳在圖畫書中畫了很多鑰匙，一一開啟城市各角落的門，這個靈感是從哪裡來的呢？」

「靈感……靈感……」糖糖知道記者想問什麼，嘴巴卻慌得擠不出一個完整的句子，只能用苦惱的神情回望著她剛剛瞥見的活動代言板。

代言板上，是大鄒陽光挺拔的人形立牌。上頭寫著活動宣傳文案：「你的每份關愛，都是通往未來的鑰匙。」

在糖糖眼神漂移之際，大鄒注意到了她的思緒，立刻優雅地代替糖糖回答道。「其實，糖糖在圖畫中放入鑰匙，也跟我代言的概念一樣，她用自己的畫把我想說的事情表達出來，我覺得很了不起。」

糖糖聽了滿是感激，拼命點頭。大鄒溫柔地對她一笑，繼續說：「不管是出身自什麼樣的家庭，每個孩子都需要適當的關愛，我想這就是糖糖的畫作感動評審的原因，跟這次的比賽宗旨也不謀而合。」

糖糖的媽媽佑薰，被擠到遠方攝影記者後頭，但當她聽見了大鄒的發言，更是感動不已，眼淚也不斷打轉。外婆急忙捏捏她的肩膀，怕佑薰一哭不可收拾。

「我沒事啦！媽，我只是很高興，糖糖有這麼一天……」佑薰抹抹眼淚，又跟前來致意的奈奈老師握手感謝。

「我就說，糖糖是塊璞玉。」奈奈老師露出招牌的優雅日式微笑。「相信我，往後她還不只如此。聽說，這次得獎的冠軍，會有出版社前來洽談出繪本的事情喔！」

「哇，也是就說……糖糖可以當繪本作家了嗎？」佑薰興奮地叫道。外婆

則在一旁露出不敢相信的驚訝笑容。

大鄒又替糖糖回答了幾個問題，記者群總算散去。糖糖原本以為大鄒也要隨著工作人員與其他評審離去，沒想到他卻轉過高大帥氣的身影，彎下腰來對糖糖微笑。

「還好嗎？剛剛有沒有被嚇到？」

「我……我嗎？」糖糖又羞又慌，勉強回答。「有……不……謝謝你。」

「妳好有禮貌。」大鄒露出一口白牙。「妳的爸爸媽媽呢？被人群擠散就不好了。」

聽到爸爸，糖糖毫不多想地說。「我沒有爸爸，媽媽和外婆在那邊。」

大鄒點了點頭。「原來是這樣啊……難怪妳的畫裡，沒有看到類似爸爸的角色。」

糖糖低頭不語，對於「爸爸」這個從未出現在她生命中的人物，她實在沒印象，也不願去多想。因為，每當問起爸爸的事，媽媽總告訴她「有我陪妳就

夠了，爸爸去很遠的地方，不會回來」。糖糖沒想到，大鄒隨口一問，竟然會讓自己的心感覺空空的。

「因為……不知道要怎麼畫爸爸。」糖糖勉強回答大鄒的問題。他急忙苦笑地道歉。

「唉……真對不起。哈！我經紀人一直叫我別亂說話，我只是想跟妳聊天找話題，要是說錯話了，還希望妳別介意喔！」大鄒率直傻笑的模樣，不像雜誌封面上的大明星，倒像鄰家大哥哥一樣爽朗。面對這樣的笑容，糖糖又怎麼會去計較他方才無心的言論呢？

兩人正要閒聊，奈奈老師等人終於擠過退場的人群，紛紛趕來。雙方立刻互相介紹。

「妳家女兒好棒，我很喜歡她的畫。」一見到糖糖的媽媽，大鄒劈頭就是一聲真誠的誇獎。「我想，一定是在很溫暖的家庭長大，才會畫得出這麼溫暖的圖。」

「您真是人太好了……」佑薰連連鞠躬，眼淚又差點止不住了。

「大鄒，你在廣告裡面好瘦，本人比較壯呢！」見過不少世面的外婆，用一派輕鬆的長輩語氣與大鄒打招呼。「我們雖然沒看過你演的電影，不過看過你拍的廣告。」

「媽……太失禮啦！」佑薰在一旁急得拉住外婆。沒想到聽了外婆的一番話，大鄒不但完全沒在意，反而爽快地哈哈大笑。

「哈哈哈！我真的在廣告裡面比較瘦啊！您眼力真好！當時我還特地瘦身呢！」大鄒再度露出一口白牙，小麥色的肌膚配上明亮有神的大眼睛，十分迷人。

「大鄒，我們要去趕下個通告啦！」穿著黑色西裝外套的捲髮女經紀人催促道。看見大明星有公事要辦，佑薰與外婆急忙拉著糖糖退到一旁去。

「唉！不好意思……得走了。不過，妳們有機會可以聯絡我喔！」大鄒友善地給出一張私人名片，佑薰急忙緊張接下。

「恭喜糖糖得獎。」大鄒笑道：「出書了要幫我簽名喔！那邊好像有出版社的人在等妳們！」大鄒臨走前不忘貼心叮嚀，指了指遠方桌邊的幾個套裝女性。

糖糖還沉浸在大鄒的友善舉止中，一轉身又來了一群女性編輯。

「妳們好，我們是『自在文化』的執行主編與編輯群，我們想在雜誌上刊登糖糖的畫作，如果反應好，我們還希望把今天的參賽作品作成繪本發行。」編輯們身穿套裝，胸前別著名牌，名片一張張地遞進媽媽手裡。

雖然她們說的話糖糖無法跟上，但從媽媽與外婆眼中閃爍的光彩來看，自己的畫作似乎會被刊登在書本上，被很多很多人看見。

而眼前的這些陌生人就跟大鄒一樣充滿笑容，讓糖糖不禁有種置身於夢幻世界的不真實感受。

原來，自己也有這麼一天……被眾人簇擁著，大人們還圍著自己、不停地誇獎自己，而且他們看起來都好真心、很欣賞自己的畫。

不過，糖糖心底卻開始有種空虛感。就好像，萬事中仍有一點不美滿。這種感覺就像被抹去了一角的奶油蛋糕般，讓人不去在意也不行。

到底是什麼空虛感，讓她這麼難受呢？糖糖自己也不知道，但她很確定，跟大鄒一定有關係。

糖糖不斷回想起大鄒說話時的磁性語調，以及他寬闊沉穩的身影。哥哥的感覺，是不是就是那樣呢？

那，爸爸給人的感覺，又是什麼樣的呢？糖糖想著想著，握緊了拳頭。

「我的爸爸，現在一定在世界的哪個角落，但是……他知道我是誰嗎？他知道我是糖糖嗎？」

糖糖身處的家族中，幾乎缺乏男性的存在。而與大鄒的近距離接觸，甚至大鄒不經意的那句「我看妳的畫裡面，沒有類似爸爸的角色」，都讓糖糖開始思考起很多事。

08
烏雲密佈的夜晚

那晚，回到家之後，糖糖並不想吃飯，媽媽與外婆以為她是坐車累了，也就讓她回房間。

「今天一天也夠累了，糖糖，先去休息吧！晚點媽會燉湯給妳喝。」佑薰體貼地說，完全不知道糖糖心中正醞釀著一個巨大的風暴。

「好。」進了房間的糖糖其實並沒有睡意，她坐在漆黑的房間裡，望向床鋪上的布娃娃。

熊爸爸與熊媽媽手牽著手，將小熊寶寶環抱在中間。這樣的場景，讓糖糖心中的空虛感一觸即發。

這個熊家庭是奶奶多年前送她的生日禮物，糖糖一直以來都覺得很溫馨可愛，所以將它們擺在床邊。不料，此時看來，這個熊家庭，卻讓糖糖感受到一股前所未有的寂寞。「對不起……原來是這樣啊！難怪妳的畫裡，沒有看到類似爸爸的角色。」大鄒那句滿懷歉意的話，再度縈繞在糖糖胸口。

糖糖賭氣似地翻出房內的一本本相簿，猛力翻過相簿的每一頁。從糖糖的

嬰兒照片，到幼稚園的烤肉活動、畢業典禮、以及她參加第一次畫畫比賽拿到佳作的興奮表情。家人的照片中，永遠只有她、媽媽、外婆以及媽媽那裡的親戚們。

爸爸呢？爸爸一直都是缺席的，不曾存在。

「妳沒有爸爸，他在妳出生之前就到很遠的地方去了。」長久以來，糖糖都接受著媽媽的這個說法。不過，這次她心中產生了巨大的質疑。

「爸爸到底去哪裡了？」糖糖哭了出來，任憑再多的眼淚也無法宣洩她忍耐多年的疑惑與悲傷。

漆黑的房間中，她緊緊抱著相簿。相簿中偶爾入鏡的其他同學的家庭，看起來都是那麼完整而幸福。

「爸爸到底去哪裡了？為什麼他不回來找我們？為什麼？」糖糖猛然衝出房門，用力地將相簿丟在媽媽腳邊。

媽媽與外婆的慌張表情，更讓糖糖憤怒、生氣。她明白，這兩人一定有什

麼隱情故意不告訴她。而媽媽看她的眼神，先是震驚，又轉為悲傷。

「糖糖，媽媽明白妳壓力很大……今天發生了很多事，都是好事，妳應該開心才對……」佑薰疲憊的伸出手，想擁抱糖糖。「乖，不要這樣任性。」

「『任性』？為什麼說我任性！」糖糖感到心寒，媽媽的眼神，像同情、像憐憫，讓人渾身不舒服，如今她的眼神，彷彿把自己當作無理取鬧的小孩。種種的一切，更讓糖糖氣憤難消。她不知道怎麼好好用語言表達自己的情緒，只能用眼神向外婆求救。

「乖孫女，怎麼啦？怎麼會突然問爸爸的事呢？」倒是外婆明智，和顏悅色地緩步走向暴怒的糖糖。

「外婆，我的爸爸，現在到底在哪裡？為什麼，我從來沒有看過他？」

糖糖像是溺水者找到了浮木，猛力抓住外婆的雙臂，連珠砲似的問：「他在哪裡？爸爸在哪裡？爸爸為什麼都不來看我？」

「媽，不要……」佑薰呼喚外婆的語氣，彷彿在懇求她，別說出真相。這

讓糖糖更加憤怒。

「不告訴我，就算了！騙我，就算了！」糖糖狠狠關上門。門板轟然大作，這一巨響狠狠撞進了外婆與佑薰的心。

家裏又回到幾分鐘前的寧靜。熱水在爐子裡滾著，時針依舊往前走，但外婆與佑薰都可以清楚聽見，糖糖在房間裡啜泣的聲音。

而地板上仍擺著被糖糖摔過的相簿，相簿扉頁敞開，有張相片映入佑薰的眼簾。

相片中是十二年前的小糖糖，當時她還在蹣跚學步，表情專注又認真。而她天真可愛的嬰兒小腦袋絕對不會料到，身為唐寶寶的自己，會面對如此辛苦的人生。

佑薰撫摸著照片，啜泣了起來。

「是我的不對。」外婆沮喪的聲音緩緩傳來。「我應該讓妳早點告訴糖糖真相。」

「別把責任攬到自己身上，今天這個局面，是我自己造成的……但是……我真的不知道該怎麼解釋？」佑薰淚流滿面。「難道我要說，糖糖的爸爸不要她，所以跟我解除婚約了嗎？」

「當然不是要妳這麼說！」外婆輕聲斥責著。「永遠也別這麼說！」

佑薰望向相簿中可愛的小嬰兒，抹去了眼淚。

「是我們，把糖糖想得太傻了。這麼多年來，只用簡單的說詞搪塞她……糖糖怎麼會不在意爸爸的缺席？」

「我們太傻了，我們也把糖糖想得太笨了……」外婆沉痛地搖著頭。

「對，我們糖糖一點也不笨。」佑薰重複說著，緩緩起身。「她一點也不笨。」

擦去淚水，佑薰的眼神變得澄澈。她用手指梳了梳一頭短髮，走上二樓的儲藏室。外婆轉頭望著佑薰的背影，她的女兒又恢復了往常的自信與堅定，步伐也踏得紮實而有力。

外婆知道，佑薰已經做好心理準備了。

※

剛與糖糖一家人在車站分別之後，一身時髦洋裝的奈奈老師踏著輕快的步伐。當天空飄下毛毛雨，而烏雲吞沒了寂靜的夜空時，她也毫不在意，踩著高跟鞋的雙腳簡直像要跳起舞來。

「糖糖得獎之後，我對特殊教育的貢獻一定會獲得很多人的關注。」奈奈老師露出一個充滿野心的笑容，望向自己的手機。

手機已經連上了新聞網頁，在文教新聞區的頭板，正是糖糖得獎的消息。

「名師出高徒，唐寶寶獲得全國圖畫書大獎！日籍美女老師教育有成！」新聞標題是這樣下的，也難怪奈奈老師樂得合不攏嘴了。

打從她第一眼看到糖糖的畫作開始，奈奈老師便不斷地鼓勵糖糖母女。說句實在話，奈奈老師出身的日本，多的是唐氏症的創作者，但在台灣，這樣的事情卻不多。奈奈老師深知，這主要是因為日本非常重視技職教育的緣故。

不管是想當配音員、漫畫家、甚至插畫家，在日本都有各種專門的學校可供報考，而奈奈老師自幼也不斷在這種教育體系下學習美術技巧，她非常瞭解美術教育的重要。

「我想，台灣的糖糖，說不定會成為另一個岩元綾。」今天看到了糖糖得獎，奈奈老師的心中更萌生出這種看法。

奈奈老師口中的岩元綾，是一個日本的唐氏症翻譯家，也順利完成大學學業。而以岩元綾為主角的書「向前走吧！我的女兒」，也曾經在台灣發行。奈奈老師就是在那個時候來到台灣，開始從事唐寶寶的美術教育工作。

除了岩元綾之外，奈奈老師的偶像，還有另一位叫「金澤翔子」的日本唐氏症藝術家。而今天糖糖得獎，奈奈老師自然是最高興也最感到驕傲的了。因為她明白，糖糖的藝術家之路，從今後也正式開啟了！

「糖糖一定會變得越來越出名的！」想著想著，奈奈老師一路從車站走回家都樂得合不攏嘴。

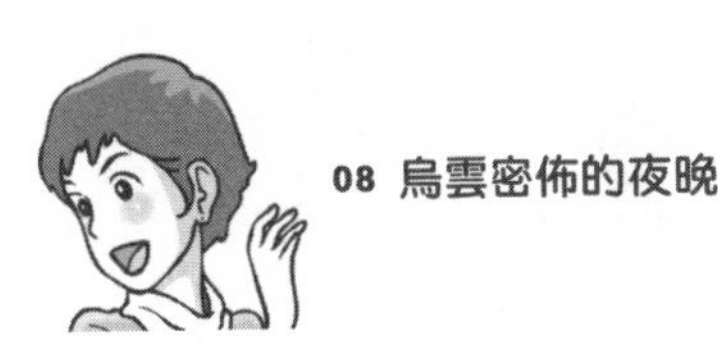

她還又傳了一封祝賀的簡訊給糖糖的媽媽。「等出版社正式聯絡了，要通知我喔！再度恭喜！」

奈奈老師走進公寓，坐電梯上樓。掩上室內的大門時，外頭已經下起傾盆大雨，雨水嘩啦啦地在玻璃窗上奔流，陰沉的天空甚至出現了閃電。

「天啊！這季節的天氣真不穩定，還好我已經回家了。」獨居的奈奈老師一面碎碎唸著，一面將鞋子收好擺入鞋櫃。她走到廚房喝了點水，回到家的第二件事，便是檢查自己的電子郵件信箱。

此時，電子信箱裡多了好幾封信。有些是雜誌記者想邀訪奈奈老師，有些則是其他家長詢問關於居家教育的事情，看得奈奈老師不禁露出欣慰的微笑。「努力總算有回報了，今天糖糖才剛拿獎，大家馬上就開始專注這件事了。」奈奈老師的手指在滑鼠上點著點著，眼神突然停在一封信上。

這封信的標題是「緊急請問，請回信」，看樣子寄件者不但是個不認識的男人，而且語氣還非常地著急。

「到底是誰呀？」奈奈老師好奇地點進信件，卻也瞠大了眼睛。窗外雷聲隆隆，閃電映照在奈奈老師驚訝的臉上，讓房間的景物閃爍不定。

看完了信，奈奈老師默默地將信件刪除。

「哼！突然寄這封信來，我也幫不上忙啊……裝什麼熟啊？」奈奈老師不怎麼喜歡這封電子郵件，她皺了皺眉，轉身離開電腦，用輕盈的步伐進廚房準備晚餐。

屋外傾盆大雨，夾雜著雷聲與閃電，籠罩了奈奈老師與糖糖居住的這個城市。

09
爸爸在何方

「糖糖，來，出來好嗎？」是媽媽的溫柔聲音，聽來又虛弱又悲傷。

房內糖糖揉揉哭紅的眼睛，也開始自責了起來。

「剛剛發脾氣，讓媽媽傷心了。」雖然心中仍舊對媽媽和外婆的隱瞞態度感到生氣，此時糖糖卻也多了幾分自責的情緒。

一推開門，只見媽媽與外婆帶著平靜而愧疚的笑容，手中拿著一個陳舊的紙盒子。

「糖糖，關於妳爸爸的故事，媽媽今晚全都可以告訴妳……但是，希望妳在聽媽媽說故事的過程中，不要隨便生氣，好嗎？」

媽媽伸出手握住糖糖，軟化了糖糖的怒火與怨懟。外婆此時更給糖糖一個好深好深的擁抱。

面對媽媽的要求，糖糖理解地點了點頭。對於她所不知道的爸爸的事，糖糖感到惶恐，卻也好奇萬分。她等不及聽到真相了……

媽媽手中拿著一個神祕的舊紙盒。紙盒是漂亮的淺藍色，像是一個曾經被

拆開的禮物包裹。「媽，這盒子裡是什麼東西？」

「這盒子裡，都是我和妳爸爸的東西……」媽媽有些哀傷地說，但糖糖可以看見，媽媽此刻的眼神既澄澈又真實，那是一種終於願意面對過往的勇氣。

隨著盒子中的東西被一樣樣取出，媽媽的眼底更湧出海水般的深邃回憶。裡頭有多年前的泛黃書信、一些過時的飾品，與幾張放在相框中的老合照。

「這些都是我和妳爸爸交往時留下來的東西。」

照片中的媽媽，穿著復古圓點襯衫，長髮翩翩，與現代的短髮幹練模樣不同，更多了幾分淑女的嬌嫩氣質。在照片中，她柔弱地挽著身旁男人的手，眼神迷濛。

「這就是……我的爸爸嗎？」糖糖緊盯著照片中的男性身影，心中滿是激動。當年的糖糖爸爸是個西裝筆挺的青年，高大、嚴肅，戴著黑色粗框眼鏡，身穿深藍色西裝，一副不苟言笑的模樣。

原來爸爸的長相是這樣……糖糖深深感受到爸爸的存在，眼淚掉了下來。

「爸爸到底去哪裡了？為什麼他不跟我們見面？」糖糖淚眼婆娑，外婆看不下去，緊緊將她摟在懷裡。

佑薰深深呼吸了一口氣，說出了她醞釀十幾年的答案，試著用最不傷害糖糖的語氣，告訴她真相。

「那個時候的爸爸，不認識我肚子裡的糖糖。」佑薰忍住眼淚，鎮定地將糖糖爸爸離開的原因輕描淡寫帶過。「他認為自己的事業更重要，而且，他並不愛媽媽，所以，他選擇離開我們。這就是為什麼，媽媽沒有結婚的原因，因為妳爸爸，選擇不和我一起扶養妳。」

「不過。」外婆緊張地強調。「這並不是因為糖糖的關係。而是妳爸爸自己沒辦法承擔養一個孩子的責任，他既沒有勇氣，也不愛妳媽媽，才會選擇離開。而我們，也一直尊重妳爸爸的決定，彼此就斷了往來與聯絡。」

糖糖張大眼睛，努力想聽懂外婆與媽媽說的每字每句。原來，男人和女人是可以選擇不要一起養小孩的，她縱有千百個不懂，也終於聽清楚，爸爸不愛

09 爸爸在何方

媽媽的邏輯關係了……

「那爸爸，一定也不愛我吧？」糖糖顫抖地說。

「不，妳千萬別這樣想喔！糖糖！」外婆緊緊將糖糖摟進懷中。「妳爸爸根本還沒見過妳呢！他不認識糖糖，所以，根本還來不及愛妳啊！」

「真的是這樣嗎……」

只見媽媽表情悵然若失，外婆則用力地點頭，再度強調道：「如果給他機會，爸爸一定會很後悔自己沒看過糖糖一面，就離開了。」

聽到外婆的這番鋪陳，糖糖總算擺脫了哀傷，原本的情緒也轉為積極。她亮起了眼神，恢復了天真的表情。「那，爸爸現在到底在哪裡？」

「我們已經失去聯絡很久了。媽媽只知道他二十多年前工作的公司……」

佑薰嘆了口氣，一旁的外婆則瞪了她一眼。

「別說喪氣話，如果糖糖想見她爸爸一面，我想我們一定有辦法的。」

「真的嗎？」糖糖激動地站起身。「爸爸他真的願意見我嗎？」

看見外婆與媽媽面面相覷的模樣，糖糖知道情況大概不樂觀。也許，爸爸會嫌棄她吧？

爸爸大概會覺得她愚笨、不漂亮，沒辦法跟一般的孩子一樣去學校上學，考高中吧！

儘管，媽媽和外婆後來又說了許多安撫的話，糖糖心中已經抱持著這些既定的看法，也期待不起來了。

比起「如何找到爸爸、跟他見面」這個問題，糖糖怕的還是爸爸不願接受她。

這種不安全感，在糖糖心中投下了一層陰影。她將不安與所有的不確定，都投注到繪畫的熱情中。

「我去奈奈老師家特訓。」隔天起，糖糖成了個早出晚歸的小孩，不是跟小寶一起在張太太家上課，就是到奈奈老師家特訓。外婆和媽媽見到她的時間比往常更少了。

※

外婆來作客的時間也有一陣子了，考慮到糖糖最近開始早出晚歸接受畫畫訓練，又三不五時要上台北跟出版社的人面談，外婆決定把常用的日用品與衣物都搬來，和她們同住。

外婆與佑薰邊整理客廳裡的紙箱與物品，邊繼續討論糖糖的親生父親。

「一定是因為我說錯話了。」佑薰嘆了口氣。「糖糖最近感覺悶悶的，大概是對見爸爸這件事不抱期待了吧！」

「不，其實妳們母女倆都一樣。」外婆摘下眼鏡，直爽地說：「妳們是害怕，害怕糖糖的爸爸不肯認她。」

「對，如果不會讓糖糖受到傷害……我真希望他們倆見面，所以，我一直沒有積極去找那個人的消息……」佑薰撫著頭，一想到糖糖的爸爸目前不曉得身在何處，她就感到頭痛。而過度的擔心，更害佑薰不敢放手去打聽糖糖爸爸的近況。

「其實，妳只需要撥個電話，看還通不通就行了。」外婆一針見血地說。

「妳自己都不勇敢，還怎麼叫孩子勇敢呢？」

佑薰聽了，慚愧又無奈地低下頭。

「再等一陣子吧……等我做好心理準備。」

母女倆之間又恢復了寂靜。

佑薰頻頻望向外婆，擔心她是否心情也受影響。不過，外婆不一會兒便露出淺笑，邊擦拭地板邊哼著黃梅調。望向這樣樂觀而開朗的外婆，佑薰自己也鬆了口氣。

說實在地，佑薰像糖糖這麼大時倒也常常鬧脾氣，有時是小事，有時則是大事，她甚至當過逃家少女呢！不過在確定懷了糖糖之後，佑薰與外婆之間的母女關係倒是產生極大的變化。

而這十幾年間，外婆也三不五時都會來陪伴佑薰，有時是用言語激將她，有時是開導兼嘮叨。不過，佑薰知道，不管遇到什麼事情，外婆永遠都是最真

心關懷她與糖糖的人。

這就是祖孫三代之間的感情吧！

「也就是這種遺傳性的樂觀，才讓我和糖糖渡過好多難關……這次一定也能渡過的！」佑薰給自己打氣道。她終於下定決心，找出多年前的電話簿，撥了電話。

這通電話撥向糖糖爸爸的老家。如果能順利接通的話，或許能聽到糖糖爺爺或奶奶的聲音。

「很抱歉，您所撥的電話是空號，請查明後再撥。」聽到這聲回應時，佑薰感到心頭一冷。

「是啊……都十多年前的電話了……能打通就奇怪了。」她自嘲地笑笑，掛掉電話。

唯一的線索斷了。佑薰不死心，急忙拉了張椅子到電腦前，上網打出糖糖爸爸的真名。

可惜跟糖糖爸爸的同名同姓的人也不少。這下可真是大海撈針。

佑薰扶著頭，氣餒地往後縮回椅子上。

此時，家裡來了通電話。

「喂?您好，請問是糖糖府上嗎？」是個好熟悉又年輕的男性嗓音。佑薰一下想不起來是誰。

「喂!您好，我是大鄒，那天在圖畫書比賽見過面的……」

「哦哦哦！」佑薰緊張地握住話筒。「您好!您好！」

沒想到堂堂一個大明星竟然打電話來自己家裏，佑薰有些慌了。雖然她也知道明星私底下就跟一般人無異，但對於大鄒親自打電話來這件事，她仍驚訝得啞口無言。

「哈囉！」大鄒在電話那頭的語氣是那麼真誠而直爽，的確就像個鄰家男孩般，多少也消除了佑薰的緊張。「不好意思，冒昧打擾了!出版社有安排糖糖與我一起，去做一個公益廣告的錄影，我想先跟妳們打聲招呼。」

「哦哦！原來是這樣啊！」佑薰猛點頭。「原來是要糖糖去拍廣告啊！出版社的人還沒跟我提呢！沒想到糖糖竟然有這個榮幸……」

「別……別這麼說啦！」大鄒憨直的笑聲從話筒那頭傳來。「我是想說先打電話來打聲招呼。」

接到明星的電話，佑薰忍不住興奮地跟外婆比了個手勢，外婆也淘氣地跑到話筒旁邊。

「大鄒啊！我昨天有看到你上節目宣傳電影。」外婆親熱地說。

「哦！那是一個月前錄的。外婆您好。」大鄒認出是外婆的聲音，親切地打招呼道。「下週您也會陪糖糖來錄影嗎？」

「我得看家呢！不過，」外婆對佑薰眨了眨眼。「如果我去的話，就得請你幫我簽名了！可以嗎？」

「哈哈！當然可以呀！拍攝的詳情，出版社應該就快跟妳們提了。等我跟經紀人確定之後，也會再打電話來！」

大鄒很有禮貌地與外婆、佑薰分別說再見後，掛上了電話。

「原來明星還會主動打電話給我們。」佑薰喘了口氣，笑道。

「上次妳不是跟他交換名片了嗎？他真的有心，當然會打來。」外婆一副見怪不怪的模樣。「我們那個年代啊！親切的明星大有人在，我曾經在館子裡認出歌手潘安邦，他還跟我合照呢！」

外婆活潑又得意的模樣，再加上糖糖即將與大鄒開拍廣告，種種消息都讓佑薰暫時有了好心情。

而不一會兒，出版社的編輯果真打電話來，談起廣告拍攝的細節。

「我的孫女要上電視啦！」外婆開朗地笑道。

10
小畫家糖糖

隨著糖糖的圖畫故事在雜誌曝光，開始有平面媒體向她邀畫。像今天她就正趴在書桌上，依照媽媽的建議作畫。

在媽媽的協助下，糖糖開始懂得安排自己的時間。

她漸漸明白，今天自己所畫的作品，可能會在幾週或者一個月後出現在報章雜誌，被全國人民看見。

「會有越來越多人看我的畫。」

抱著這種正向思考，糖糖每天周旋於奈奈老師的教學與家中的書桌之間，充實地過了一陣子。

不過，她心中一直有個想問、卻問不出口的問題。

「媽媽希望我找到爸爸嗎？媽媽是不是騙我，說她沒聯絡上爸爸？」

這種不安在糖糖的心中漸漸擴大，像是墨汁噴上棉紙，逐漸把潔白無暇的紙張暈染溼潤。

這天，先前糖糖就讀的永親國中特教班有熟人來訪。

「我兒子在雜誌上認出糖糖的畫，興奮得很！一直拿給我看！」原來，是宗儒的爸爸帶著宗儒來了。

高壯憨直的宗儒，一見到好久不見的糖糖，立刻樂得在門口拍手叫好。由於宗儒爸爸與糖糖媽媽一直都有保持聯絡，所以糖糖媽媽也非常高興。

她甚至打電話跟奈奈老師請假，讓糖糖提早回家，和宗儒父子檔一起吃下午茶。

「哦哦！是糖糖的同學啊！太好了！」外婆也特地露了一手好廚藝，烤了餅乾拿到客廳。

「糖糖，妳剪頭髮了，可愛。」宗儒一如往常地觀察力敏銳，心思細膩的他，讓糖糖很感動。

「但妳也變瘦了，是不是最近太累？」

「對，最近好累。」糖糖也不諱言，直接在好朋友面前說出真心話。此話倒是讓糖糖媽媽有些尷尬。

「糖糖，要是覺得有哪些畫畫工作不喜歡，媽媽不會逼妳接的。」佑薰補充道。

「不會，雖然累，但我也喜歡畫畫。真的喜歡。」糖糖真誠地笑。

「沒關係，孩子想抱怨都是很正常的，事情多又忙，換作我們大人都受不了。妳家糖糖已經抗壓性很高了。」宗孺爸笑道：「為了自己真正喜歡的事情去忙，是很幸福的！」

佑薰與糖糖聽了，相視而笑。

這次拜訪，宗孺還帶了全新的四十八色畫筆送糖糖。

「謝謝宗孺！」糖糖感動不已。「很想念我們一起畫畫的時候。」

「那我們現在來畫吧！」宗孺和糖糖攤開圖畫紙，兩個率性的大孩子便席地而坐，共同在同張紙上的一角作畫。

看到孩子們和樂融融的景象，長輩們也倍感溫馨。

此時，佑薰的手機卻響了，是奈奈老師打來的。

「不好意思，請問糖糖到家了嗎？」奈奈老師聲音聽起來比往常著急，讓佑薰感到很疑惑。

「到家了，請問怎麼了嗎？」

「是這樣的！我剛剛幫糖糖接到了一個大案子，是銀行的形象廣告，他們說要用糖糖的插畫，但內容滿高難度的，我希望今天能趕快幫糖糖特訓，下週把插畫給她們……」奈奈老師連珠砲似的說了一串。

「等一下，妳是說，妳擅自幫她接了很趕的工作，要她今天過去嗎？」佑薰怕驚動到孩子們，走到廚房講電話，但她的語氣明顯不悅起來。

奈奈老師一向都是認真耐心地教導糖糖畫畫，但像今天這樣急驚風般突然要糖糖去工作，倒是頭一遭。

佑薰感覺自己和糖糖都不被尊重，所以有些生氣。

「老師呀！畢竟糖糖現在還是個孩子，我是希望有什麼事情，妳先跟我們母女商量再決定，不要貿然幫她接工作比較好。」

「可是，是對方打電話來找我談的耶！價錢也很不錯，只要畫一幅畫，就有五六萬的畫酬。」奈奈老師聽了，反而語氣錯愕。「難道妳不接嗎？」

「奈奈老師，這不是接不接的問題，這也不是價錢多少的問題。」佑薰深怕自己的強硬脾氣又冒出來，深深吸了一口氣。「我只是希望，奈奈老師先不要擅自幫我們母女做決定，如果能先

跟我們討論一下就好。」

外婆此時也走進廚房，擺了個直接的臭臉，又搖搖手指，暗示佑薰拒絕。

「好吧！但對方是直接打電話給我的，所以我就先答應了。」奈奈老師的聲音聽起來很無辜。「那現在怎麼辦呢？案子都已經接了。」

「『現在怎麼辦』？妳還問我呀？」佑薰感到哭笑不得，翻了翻白眼，語氣也不耐煩了起來。「奈奈老師，還是請妳回絕吧！我們糖糖現在難得有時間跟朋友聚聚，要她晚上又過去妳那裡上課，不只妳累，她也會累啊！」

「其實，台灣比糖糖更累的青少年很多啊！」奈奈老師似乎還想勸佑薰。「國高中生補習到很晚的，比比皆是。我是覺得，您太保護糖糖了。」

佑薰聽了，火氣一昇。

「我怎麼照顧我女兒，還不勞老師這麼費心。麻煩老師把那案子回絕吧！謝謝！」她掛斷電話。

「妳竟然掛了奈奈老師的電話啊？」外婆睜大眼睛。「妳這也做得太絕了

吧？」

「唉！一氣起來就……」佑薰喘了口氣。

「可是，媽……妳剛剛沒聽到她在電話多沒禮貌啊！我第一次聽她用這種口氣對我說話。」

外婆苦笑道：「人家再怎麼沒禮貌……妳也不該掛人電話啊！天啊！一把年紀還這麼不成熟。奈奈老師也算是糖糖的恩人啊！」

「什麼恩人？她剛剛說話的語氣，根本就是一個商人！」佑薰一肚子火。

「嗯！奈奈老師大概是希望趁糖糖還紅的時候，大力把她促銷出去吧！」

「她一直談到什麼酬勞很高的，錢根本不是問題嘛！」

外婆一副見怪不怪的模樣。

「只是，她不尊重我們，就先擅自幫糖糖接下案子，也是事實。」

佑薰猛點頭，沒想到激烈的討論早已引來糖糖、宗孺與宗孺爸的關心，一臉擔憂地聚在門邊。

10 小畫家糖糖

「沒事沒事！你們繼續去玩，不好意思啊！」外婆擺出笑臉。「我的餅乾還烤得好吃吧？接下來冰箱裡還有奶油蛋糕，要吃嗎？」

一聽到點心，孩子們早已不想追究方才的爭執聲，紛紛忙著拿盤子。佑薰總算鬆了一口氣。

畢竟，她真不想把任何工作磨合的壓力施加到糖糖身上。

倒是宗孺爸爸一臉關心，但他也是正人君子，並不打算八卦，只輕輕問了句：「沒事吧？」

「沒事，沒事。我脾氣不好，講話大聲了點，讓你見笑了。」佑薰尷尬地聳聳肩。

原本以為這件事就這麼落幕了，隔天當佑薰帶著糖糖上台北時，竟在車站販售的報紙上，看見了這麼個標題。

「唐氏症小畫家大頭症？輕率高傲，廣告商苦嘆！」

看到這則新聞，佑薰簡直嚇壞了。

她匆匆買下報紙塞進包包，等到糖糖在火車上睡著了，才戰戰兢兢地把報紙拿出來看。

這則新聞內容講的正是昨天奈奈老師與佑薰的爭執內容。

新聞記者尖酸刻薄地描寫道：「唐氏症小畫家（藝名：糖糖）昨日輕率拒絕某銀行提出的高薪廣告，態度魯莽，其母傲然拒絕業主邀請，甚至在邀請電話中暴怒狂吼。」

佑薰看了，胃底發冷，渾身不對勁，怒火直衝腦門，羞辱感、委屈感頓時冒上心頭。

光是報導的第一段，就充滿了如此過份的指責，她實在不知道該怎麼繼續把這篇報導看完。

到底是誰去告密的呢？昨天知道她與奈奈老師電話內容的，明明只有少數幾個人而已？新聞記者怎麼會這麼厲害，連自己在電話中生氣的事情都曉得？

「一定是奈奈老師那個可惡的女人……我只是掛她電話，就用這種小手段

回敬我！」佑薰氣紅了臉，坐在火車座位的身軀也不斷顫抖。但她仍要自己冷靜下來，繼續將這段報導看完。

「雖然，唐氏症小畫家與其母的工作態度顯然大有問題，但本報記者特地訪問了糖糖的恩師——受過正統特殊美術教育的日藉教師山田奈奈，她表示：糖糖與其母都是心地善良的好人，或許與廣告商之間溝通有所誤會。山田奈奈更說明，她以糖糖為榮，今後也將全力支援糖糖母女的美術發展。」

剛看完這段，佑薰鬆了口氣。看來，這篇新聞雖然標題聳動，最後的收尾倒是頗為正面。

「哦……沒想到奈奈老師反而幫我們母女說話，真該好好謝謝她。」短短幾分鐘，佑薰的心情彷彿洗了三溫暖。

她抹去額間的冷汗，趁著糖糖閉目休息的時間，靜靜將報紙拿到火車包廂的垃圾桶丟棄。

「這件事絕對不能夠讓糖糖知道，不管發生什麼事情……我一定要保護糖

糖。」

望著糖糖的安詳睡容，佑薰咬住牙關，將不安的心情化為正面的情緒。

「希望今天拍攝廣告能順利啊……要是又出了什麼誤會，記者絕對會寫得更嚴苛的……」佑薰暗自在心中警惕自己。

火車到台北了，佑薰循著手機中的地圖，帶著糖糖走進捷運。老實說，從小糖糖就非常討厭乘坐大眾運輸工具，因為車上的人總是認得出她唐寶寶特有的五官特徵，然後用異樣的眼光掃視她。

這次，當然也不例外。

「那個女生，好像唐氏症……」幾個同齡的國中生竊竊私語道。

糖糖聽見對方對自己的「稱呼」，只是轉頭對她們笑笑。

是啊！她是個唐寶寶，不過，她知道自己也是「小畫家糖糖」。媽媽總是說她笑起來很甜，就像糖果般，所以，糖糖知道自己該多微笑。

佑薰看到糖糖的複雜神情，也捏捏她的手，輕輕鼓舞她。

10 小畫家糖糖

糖糖今天要拍攝的廣告，正是之前電影明星大鄒打電話提過的那則廣告。這將是一個全國性的重要公益廣告，大鄒與糖糖將一起入鏡，成為鏡頭中的男女主角。

糖糖母女已經事先看過出版社寄來的腳本。

糖糖只有短短兩句台詞，其餘的時間，她只需要坐在美麗的房間佈景中，低頭專心畫畫、讓攝影師拍攝即可。

雖然是非常簡單的廣告，糖糖自己內心也忍不住緊張起來。

她不曉得該怎麼表達這分緊張，只能在過去的這幾天不斷地畫畫，並且打開大鄒的電影光碟，在房間獨自觀看，替自己打氣。

糖糖知道，大鄒身上有種特殊的氣氛，是那麼溫柔、帥氣又陽光。

她看見大鄒的影像時，總會想起大鄒在比賽那天對她說的那些溫暖話語。他誇獎她會畫畫，又親自打電話到她家裏過，說實在的，這種種際遇已經讓糖糖受寵若驚。

糖糖知道，自己對大鄒的心情，大概就是一種敬愛的情緒吧！

一想到能進攝影棚看到大鄒，糖糖的心情忍不住由緊張轉為期待。「媽，我們還有多久到攝影棚？」

「就快到了！一出捷運，搭個計程車就到了！」佑薰低頭一看手機。

「哦！是大鄒傳簡訊來了！」

糖糖感覺耳根子紅紅的，心中有種酸甜酸甜的感覺。

11 我不要上電視

「嗨！我已經到現場囉！待會兒見！」當佑薰唸出大鄒的簡訊時，糖糖激動地一把抓過手機來看。她真討厭自己沒手機這件事，不然就可以直接跟大鄒對傳簡訊了。

大鄒的問候簡訊，讓人不禁加快腳步，等到接近攝影場地時，糖糖發現自己的心臟撲通撲通地跳。而眼前的攝影棚，已經被攝影團隊佈置成一個半開放式的小木屋書房。

攝影棚上頭的天窗也完全打開，讓白金色的陽光流洩在原木家具上，整個棚內看起來溫暖又舒服。

「您好！糖糖，哈囉！」親切的助理姊姊立刻過來跟糖糖母女打招呼。

「等會兒糖糖要坐的椅子就在那裡。要喝水嗎？還是要喝果汁？」

一被工作人員們親切地對待，佑薰煩亂的心情已經恢復大半。糖糖也被兩三個工作人員領著，坐進攝影棚專屬的工作間。

化妝師過來整理糖糖的髮型，把她的短髮整得又蓬鬆又有型，造型師則讓

糖糖換上一套自然又可愛的居家條紋洋裝。一下子被這麼多人包圍，糖糖有些害怕，但她發現這些人動作不但快得很，表情也是很友善的。

一會兒，大鄒的溫暖笑臉已經出現在她眼前。

他今天穿著極簡白T恤，配上刷白牛仔褲，頭髮整齊地吹高，露出乾淨的瀏海。

「嗨！糖糖，好久不見呀！」

「大鄒哥哥……」糖糖害羞地對上大鄒迷人的雙眼。「你好。」

「最近還好嗎？」原本以為大鄒只是打聲招呼就要走，但他卻在糖糖的椅子旁彎下腰，一副要陪她聊天的模樣。

「嗯……有點忙……有點累。」

大鄒爽朗一笑。

「哈！跟我一樣。」他伸手與糖糖握了握。「可是，我們今天一定會拍出很棒的廣告。」

「嗯！一定會。」糖糖甜甜一笑。

這一笑也讓大鄒舒展眉心，露齒微笑。

佑薰望著兩人一旁的互動，總算鬆了口氣。

看來大鄒真的是個好善良溫柔的明星，而糖糖的表現也很穩定，不會像以前一樣，一有風吹草動就暴躁不安。

此時，一旁的導演嚴肅地沉著臉，悄悄把佑薰帶到一旁。

「今天早上的報紙新聞，糖糖應該沒看到吧？」他低聲問。

「沒有，沒有。我完全不敢讓她知道，畢竟是不實的謠言。」佑薰連忙回答。

「嗯！人紅了總是會有一些是非，我知道妳帶孩子很辛苦，別想太多！今天的拍攝就交給我們吧！」導演淺笑道。

導演再度向糖糖母女解釋了一次拍攝流程。

一開始，大鄒與糖糖並肩坐在沙發旁，用乾淨的鏡頭帶到他們上半身，兩

人會說出公益廣告的幾句台詞。

「關懷唐寶寶，正確瞭解唐氏症。」大鄒爽朗地面對鏡頭說道。此時，鏡頭切向糖糖。

「讓我們有一片自己的天空。」糖糖對鏡頭唸出台詞。最後則是大鄒與糖糖相視而笑的畫面，一起唸出如下台詞：「讓我們彼此的天空，緊緊相連。」

大鄒與糖糖同時轉向鏡頭，露齒微笑。現場立刻洋溢起一片溫馨的氣氛。

「好！非常好！就是這樣！」導演一開鏡就展開獅吼般的吆喝，全場工作人員也跟著拍手。

一旁的佑薰嚇了一跳，坦白說，她還真不曉得外表嚴肅安靜的導演，竟然聲如洪鐘，還頗會激勵士氣的。

不過，導演也很快地與攝影師交頭接耳起來。

「導演一開始都先誇獎演員，給演員信心之後，他就會再繼續要求演員的演技。」助理導演苦笑地向佑薰解釋。

果不其然，導演一下把大鄒叫到身邊，一下又跑到糖糖那裡，對他們展開演技指導。

「糖糖，妳很棒！不過，妳剛剛的聲音太小聲了，聽起來沒什麼自信，能不能再請妳說大聲點呢？自信點！懂我意思吧？」

糖糖乖巧地點點頭，然而又開拍幾次之後，導演對糖糖的意見依舊沒有減少。

「糖糖，這次妳的聲音是ＯＫ的，可是妳忘記看鏡頭了喔！」

糖糖再度點點頭，但神色卻也越來越緊繃。

身為演員的大鄒非常習慣ＮＧ重來，也能重複對鏡頭做出精準的表演，但糖糖可是第一次拍攝。導演的不斷要求，只讓她肢體越來越僵硬，表情也緊繃了起來。

「糖糖，放輕鬆嘿！」大鄒輕輕拍了拍糖糖。「有我陪著妳，沒事的！」

雖然有大鄒在一旁鼓舞，糖糖卻又在接下來的拍攝中漏東忘西。她一下忘

記要微笑，一下又笑得太僵硬，等到笑容終於都ＯＫ了，糖糖又把台詞說得結結巴巴。

「糖糖……」導演的語氣從方才的親切，變回了嚴肅，眼神也嚴厲起來。「因為這支廣告是要上電視的，全國的觀眾都會看到，所以我希望能夠呈現出唐寶寶自然的一面。」

「嗯……嗯……」糖糖的眼睛根本不敢看導演，臉紅到耳根子，雙拳也緊握著，心中充滿愧疚。

她知道自己不夠好，她知道自己不夠「自然」。可是，糖糖卻不知道怎麼控制自己的表情。每當面對黑黑的大攝影鏡頭，她就想到，全國觀眾就在鏡頭後頭，等著看她。

就像捷運裡、公車上的那些路人，他們是不是也會躲在鏡頭的後面，想著「哦！那個人是唐氏症啊！」

黑洞般的攝影鏡頭，彷彿隨時都會把她吞掉。

一想到這，糖糖根本無法一次次地根據導演的指令，既保持自然的微笑、又流暢地說出台詞。

「糖糖，妳要讓全國觀眾看到妳可愛的微笑喔！」助理導演也在一旁鼓勵著。

但一聽到「全國觀眾」這四個字，糖糖的胃簡直是一陣翻攪。

「糟了……」佑薰知道事情不妙了。因為下一秒，糖糖已經全身僵硬地跑出鏡頭之外。

「對……對不起，我不想……我不想上電視……」糖糖小聲地啜泣著，摀著胸口逃出攝影棚。

佑薰這才發現她的臉色很不對，連忙追了上去。

唐寶寶多半有先天的心血管疾病，糖糖也不例外。

長期吃藥控制病情的她，如今因為壓力與情緒因素，更是臉色發白，腿一軟，直接就跪在攝影棚角落。

「天啊！我剛剛做了什麼嗎？」導演一臉愧疚。

但這樣的舉動對糖糖來說只是更加羞辱，她背過身，不願意讓人看見她不舒服的模樣。

這時，只見大鄒離開現場，不一會兒又冷靜地跨著大步走來。「有沒有帶藥呢？這邊有溫水。」

佑薰正拿出醫院開的救急藥想給糖糖吞下，而大鄒手上的這杯溫開水，彷彿是一場溫暖的及時雨。

「謝謝你！」佑薰扶起臉色發白的糖糖，接過大鄒捧來的那杯溫開水。

此時，母女倆也坐上工作人員拉來的躺椅。

糖糖的呼吸總算緩和下來，雖然臉色依舊很差，但她感受到媽媽溫暖的懷抱，胸口也不再劇痛了。這種彷彿可以控制住自己病情的安心感，如熱流般湧上糖糖全身。

「我沒事……我沒事了……」糖糖悄悄在心底為自己打氣。

服藥五分鐘後，她的心臟總算不再亂跳，暫時沒有大礙了。佑薰在一旁，心疼地替糖糖擦去一身冷汗。

「太好了。」一旁的大鄒溫柔地說。「我弟弟有時候也會這樣，我都隨身帶著藥。」

「你的弟弟？」佑薰驚訝地抬起頭。「他也心臟不好嗎？」

「嗯！而且我的弟弟跟糖糖一樣，是唐寶寶。」大鄒用溫暖的眼神望著糖糖，語氣柔和，神情不卑不亢。當他提到「弟弟」時，眼神中更流露出關愛與慈藹。

「原來是這樣子啊！」佑薰與糖糖驚訝地望向大鄒，而他只是稀鬆平常地笑笑。

「一開始，我入演員這行的原因，主要是想給我弟弟籌心臟手術費用。」大鄒蹲坐在糖糖母女身邊，侃侃而談。「因為我弟弟的心臟狀況，比糖糖嚴重得多。」

「那他現在好嗎？」糖糖問著。

「嗯！弟弟現在在美國接受治療。」大鄒柔情地撫撫糖糖的頭髮，又俏皮地吐了吐舌頭。

「他是兩個月前過去美國的，我已經有點想他了！哈！」

大鄒溫暖而率真的互動，也讓原本緊繃又慌亂的攝影棚再度穩定下來。工作人員聽見這段對話，無不露出微笑。

糖糖休息了一陣子，神色也穩定了。

化妝師姊姊再度過來幫她補妝，助理導演姊姊也走來，好聲好氣地開導糖糖。

「糖糖剛剛其實表現很好了喔！我相信妳等一下一定也會越來越好！」

此時，大鄒則是悄悄地退到一旁，和導演低聲討論起來。導演先是神情無奈，之後卻笑著猛點頭。

最後，他拍拍大鄒的肩。

「剛剛大鄒的鏡頭已經可以了，接下來，我們來拍糖糖的鏡頭吧！我決定讓大鄒掌鏡！」導演高聲宣佈道。

工作人員們聽了，都嚇了一跳。但當他們看見大鄒扛起攝影機掌鏡的架勢時，也紛紛露出期待的表情。

「來，糖糖，不要想太多，看我這裡喔！」大鄒指著自己手中的鏡頭，開朗一笑。

「妳看著鏡頭，來，我就在這鏡頭裡面，妳就對著我說話，對著我笑。」

糖糖看見大鄒迷人逗趣的表情，臉部線條瞬間放鬆不少。

「來，看這裡，我在鏡頭後面等妳喔!還記得台詞嗎？」

糖糖順著大鄒的手勢，再度望向黑得深邃的鏡頭。

說也奇怪，鏡頭依舊是鏡頭，但當她看到大鄒梳得高高的頭髮就在攝影機後方，親切感也油然而生。

大鄒充滿磁性的嗓音呼喚著。「來，糖糖，我在這裡喔!笑一個!對我說妳的台詞。」

「讓我們……有一片自己的天空。」糖糖發現自己笑得出來了。

「來，再一次喔！笑一個！」

「讓我們有一片自己的天空。」糖糖幸福地望著鏡頭。當她看見大鄒從攝影機後方探出頭時，她知道自己做到了。

「卡！」導演興奮地叫道。「太棒啦！」全場的工作人員也紛紛拍手，替糖糖給予鼓勵。

大鄒快步的走出攝影機後方，給糖糖一個大大的擁抱，糖糖也興奮地抱住他。

比起大鄒與眾人的溫馨鼓勵，她更是高興自己能夠克服對攝影機的恐懼。

「我很勇敢。」糖糖對自己說。「我很聰明，我把大家要我做的事情，做好了。」她暈陶陶地笑了。糖糖又對攝影棚角落的媽媽招招手，媽媽也露出燦爛的笑容回應。

「最難的部份已經解決了！」導演說。「接下來的場景就輕鬆啦！」

如導演所說，接下來廣告的內容，不再需要糖糖面對鏡頭了。團隊的工作步調一下輕快了起來，攝影機拍了幾個糖糖愉快地在書桌上畫畫的畫面，也拍到了她與大鄒一起翻動圖畫書的景象。

導演很興奮地對糖糖母女解釋，實際廣告播出時，會先配著溫馨的音樂，播出幾個大鄒與糖糖的互動場景，最後才是他們對著鏡頭講台詞的畫面。

糖糖母女對這樣的安排很滿意，再經過了一小時的拍攝後，糖糖母女愉快地離開攝影棚。而大鄒也趕往下個通告，他與糖糖約好，之後等她來台北時再帶她去玩。

然而，糖糖卻不知道眼前有個嚴酷的挑戰正在等著她。

12
不速之客

佑薰與糖糖從台北回到家，雖然不免舟車勞頓，心情卻是溫暖而輕鬆的。大鄒和藹又帥氣的笑容、整體攝影團隊的貼心配合，都讓她們感到很舒服。

而出版社的編輯姊姊，今天也帶糖糖母女去出版社繞了一圈，還招待她們到高級餐廳用餐。

糖糖在豪華的法式餐廳吃得飽飽的，回家直打盹。

「大鄒的弟弟，跟我一樣是個唐寶寶。難怪，他對我這麼好……」糖糖看待大鄒的眼光變得更親近，一路上心情也暖洋洋的。她還記得大鄒拿著攝影機溫柔地對她微笑的模樣。

「大鄒真的是我們的貴人，沒想到那麼有名的電影明星，竟然這麼親民。就像是一場夢一樣！」糖糖的媽媽剛回家，就對外婆喜孜孜地把所有的事情說了一遍。

「我今天去郵局刷簿子，已經把出版社的支票存進去了！」外婆泰然自若地攤開家計簿。「這個月光靠糖糖就有不少收入，真的好感恩啊！」

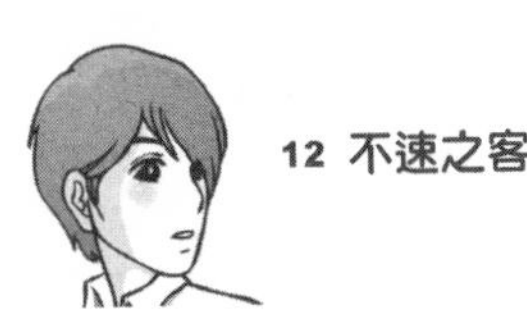

糖糖對於媽媽的財務狀況不太懂，只知道她們全家以往都靠媽媽一個人接設計案維生，如今自己也能幫上忙，糖糖感到很高興。

「媽媽，以後我也會繼續工作，繼續畫畫，幫家裏賺錢。」糖糖樸實又真誠的這番話，讓媽媽與外婆都忍不住紅了眼眶。

「乖……糖糖好乖，錢夠用就好，最主要還是希望糖糖能高興，如果工作不高興，拍廣告不高興，或者畫畫不高興了，就不要做了也沒關係。」媽媽抱住糖糖，柔聲說道。「我們可以選擇自己要什麼樣的工作，喜歡再做吧！媽年輕的時候也會做一些設計案，當時為了錢，什麼都得做，自從生了妳，媽媽也更努力，更有勇氣。現在已經不一樣了，工作啊！還是做得開心最重要！」

外婆在一旁看著佑薰與糖糖，默默拭淚。她記得佑薰剛懷糖糖時，也是經常為了生計熬夜，忍受各種耗時、低薪的設計案。

生了糖糖之後，家計負擔雖重，佑薰卻因為女兒的出生而變得更堅強、有競爭心，終於熬到開工作室的那天，如今也能自主在家裡接案。

外婆還記得，年輕的佑薰曾抱著仍是嬰兒的糖糖，勇敢地說：「這兩年內，我一定要把孩子帶好，也要把收入穩定，將來才能在家裏開工作室，一面工作、一面照顧糖糖。」

而如今，佑薰都一一做到了。

十幾年前的一番話，恍如昨日。外婆忍不住鼻酸，躲進廚房頻頻拭淚。但她流的是喜悅的淚水，真心替自

己的女兒與孫女感到高興。

臥室這頭，台北之行已經讓糖糖有些精疲力竭，她躺上床，腦中是大鄒的溫柔與開朗，整天發生的事幸福得像一場夢境，在糖糖的腦袋中不斷打轉。

「糖糖，來，看著鏡頭……這邊……」大鄒的磁性聲音持續在糖糖耳畔打轉。

「糖糖……妳在哪裡呀？」糖糖半瞑半醒之際，聽到有人在呼喚他。這是個男人的聲音，聲音卻不像大鄒。

她知道自己在做夢，糖糖疑惑又好奇，就這樣沉沉地進入夢鄉。

夢鄉裡，她聽見了一個好明確卻又陌生的聲音。但糖糖知道，自己並不害怕。

「爸爸？」糖糖憑著直覺脫口而出。而睜開雙眼時，窗外天色已經大亮。這是個好奇怪的夢，但感覺卻暖暖的。

「一定是因為太想念爸爸、又太累了，才會做夢……」糖糖告訴自己，起

床準備梳洗。

推開房門，廚房外已經飄來咖啡與鬆餅的香氣，讓糖糖飢腸轆轆。

「媽媽，早安，好香喔！」糖糖尋找著媽媽的身影。但廚房空無一人，糖糖含著牙刷跑到書房，轉頭望向客廳，她甚至上樓衝進外婆的房間，卻什麼人也找不到。

「媽媽？外婆！妳們去哪了？」糖糖有些驚慌，這種情形幾乎沒發生過。

「對了，媽媽她們可能出去買菜……」糖糖跑回廚房，查看冰箱。冰箱門上一向會用便利貼寫留言。如果媽媽與外婆一起外出，也都會在這裡留話。

但今天，冰箱上沒有留言，餐桌上、媽媽的工作桌上也沒有任何字條。糖糖甚至跑到大門旁觀察，發現媽媽和外婆的室外鞋都不見了。

很顯然地，她們出門了。整個家雖然飄滿早餐的香味，卻空蕩蕩的，沒有半個熟悉的身影。

糖糖開始著急了。

12 不速之客

※

街道上，外婆與佑薰正踏著晨光，往奈奈老師家急步走去。

佑薰煩躁地將一頭短髮撩到耳後，她豎起眉毛，氣勢強硬，腳上的高跟鞋喀喀作響。瞧她一臉咬牙切齒的模樣，路人見了還以為她要來討債。

「等一下，妳不要衝動！先把事情問清楚！」外婆追在佑薰後頭，一臉緊張。「妳這樣一大早去按奈奈老師家的門鈴，只會把她嚇壞的！」

「我管她嚇壞不嚇壞！真是這個不要臉的傢伙！」佑薰氣炸了，她手上還拿著熱騰騰剛從家裏電腦列印出來的一張紙。

原來這張紙是今天早報的新聞稿。

佑薰做完早餐之後，上網瀏覽新聞。正巧看到自己女兒的名字出現在影視專欄。這則電子新聞的標題為「唐氏症小畫家又出包！片場耍大牌，全劇組頭痛」。

看到這則新聞之後，佑薰氣得半死，與外婆展開激辯。當時糖糖還在睡夢

中，什麼也不曉得。

看完新聞，佑薰直搖頭，只差沒吐血。

「昨天到底發生什麼事了？」當時在煮早餐的外婆一頭霧水。

「我們昨天拍攝的確有一些小狀況，可是，劇組的工作人員都很包容啊！拍得也很順利！到底為什麼怎麼會有這種新聞？」

「我跟妳講，一定是劇組的人去跟影視記者告密啦！說不定這也是一種炒新聞的方式，妳要不要先問一下出版社。」外婆冷靜分析道。

佑薰打了電話問出版社，沒想到出版社的編輯也直呼莫名其妙。

「之前也有過糖糖的負面新聞……會不會是同一個人去跟媒體告密的？」出版社的編輯姊姊問。「妳們是不是有得罪過什麼人啊？像上次那則新聞，說糖糖耍大牌拒絕銀行的邀約，這件事情還有誰知道啊？」

「對喔！」佑薰猛點頭。「而且像之前拒絕銀行插畫的事情，只有我、外婆和奈奈老師知道而已啊！」佑薰想了又想。

12 不速之客

她上網拿出奈奈老師的名片，找到了奈奈老師的個人網站。

佑薰發現了一件讓人驚訝的事實。奈奈老師竟然在自己的網站上打著「知名唐寶寶畫家——糖糖專屬藝術指導與經紀人。」

也就是說，奈奈老師竟然以糖糖的經紀人身分自居，還沒有主動告知糖糖母女。

難怪先前廣告商與銀行都找上奈奈老師，想跟糖糖談合作。

「所以，上一次打電話來的時候我拒絕奈奈老師，她覺得顏面掃地，才會生氣。」佑薰一想，全都懂了。

「這個女人，想用糖糖賺錢！一定是上次被拒絕之後懷恨在心，自導自演讓記者寫了那篇耍大牌的新聞。昨天又故技重施，一直暗地裡中傷糖糖！她一定是因為我之前對的她態度不好，就想報復我！實在太可惡了！」佑薰怒罵起來，披上外套，套上鞋子。

「等等，冷靜點！妳要去哪！」外婆慌張地攔阻道。

「我受不了自己的女兒一再被人欺負！從小糖糖就特別辛苦，我絕對不容許有人這樣欺負她！嫉妒她的成就！」佑薰一吼，匆匆跑上馬路。

外婆擔心她跟奈奈老師引起不必要的衝突，急忙一路追上來。這一追，就追到了奈奈老師家門口。

「等等，現在才早上七點，奈奈老師可能還在休息，妳先冷靜點吧！」外婆氣喘噓噓，一頭捲髮也被汗水沾濕了。

她抓住佑薰的肩膀，再度勸道：「總之，有話好好說！別一副興師問罪的樣子！」

佑薰深深吸了口氣，一回頭才發現，轉眼間她已氣得跑了好幾個巷弄。以前到奈奈老師家要步行十多分鐘，這次倒是挺快就到的。由於心急如焚，佑薰也不打算跟奈奈老師客氣，直接按了大樓下的門鈴。

「喂?什麼事?」是奈奈老師睡意矇矓的聲音，大概才起床。

「奈奈老師，我就開門見山地問了！」佑薰按捺不住怒火。「妳背地裡上

12 不速之客

網大肆宣傳說妳是糖糖的經紀人，想從她身上海撈一筆對吧？之前的新聞也是妳搞的鬼吧？請妳立刻下來，有些事情我們得當面說清楚。」

「唉！真是的……好吧！我這就下樓。」奈奈老師聽起來不氣憤，也不急著替自己辯駁。過了五分鐘，她披著外套出現在樓下，身穿寬鬆的居家睡褲，因為沒化妝，她臉上還特地戴著口罩，不想讓人看見她素顏的模樣。

看到一臉無辜的奈奈老師，佑薰反倒一頭霧水。她原以為奈奈老師會激動地下來陪她大吵一架，但沒想到奈奈老師倒是挺鎮定的。

不，與其說是鎮定，奈奈老師面對佑薰的指控，倒是一臉無奈。

「記者有來採訪我，不過，我沒有跟她們說過糖糖的壞話啊！」奈奈老師隔著口罩，但眼神楚楚動人，十分無辜。一旁的外婆倒也不好意思了，直接道歉。

「不好意思，因為我們家孫女糖糖，最近受到很多媒體攻擊……編輯小姐說可能是冤家幹的……」

「冤家？」奈奈老師瞪大眼睛。「我怎麼會是妳們的冤家呢？」

「哦？這樣嗎？」佑薰語氣依舊怒氣沖沖，就像頭激動的母獅般，一心只想保護自己的女兒。「那妳私自幫糖糖接案子的事情，又怎麼說呢？」

「唉。」奈奈老師嘆了口氣。「這就說來話長了……」

佑薰與外婆站著，等待奈奈老師把事情的原委說一遍。看來她不是去跟記者告密的人，那告密的人又會是誰呢？外婆想著。

※

糖糖獨自在家，她找不到外婆與媽媽，非常著急。糖糖正要打媽媽手機問清楚，大門倒是來了個高大的人影。

「叮咚。」人影按了門鈴，把糖糖弄得好緊張。媽媽早已警告她多次，獨自在家時別輕易開門讓陌生人進來，所以糖糖也不敢輕舉妄動。

「叮咚、叮咚、叮咚。」門鈴聽起來既兇惡又著急，想必對方來勢洶洶。

糖糖慌了。「請問……是誰？」

12 不速之客

「糖糖在嗎？」是個陌生男子的聲音，聽起來頗為親熱。「我是台北來的大哥哥，想問妳幾個問題？」

「問……問我什麼問題？」老實的糖糖緊張又不解，但對方的聲音聽起來並無惡意，她也就乖乖上前應門。

「請你先等一下。」糖糖有禮貌地對門外的人影說。

她照媽媽以往的教導，先替門拴上防盜鍊，以防對方硬要闖進門。但沒想到門縫一開，一陣閃光燈刺得糖糖雙眼直昏。

這瞬間，糖糖根本搞不清楚發生了什麼事。銀色的相機閃光燈不斷襲向雙眼，弄得她驚嚇不已！

「嗚嗚……你要做什麼……」糖糖本能性地躲到門後，閃光燈拍得她眼淚直流。

此時，門外突然傳來一個男孩的憤怒吼聲。

「走開！你走開！」

那男孩對拿著相機的男人吼叫，兩人推打起來。「走開！不要來這裡！臭狗仔隊！」男孩憤怒地推打男人。

這時，糖糖才會意過來，原來門外朝她猛拍的陌生男人正是明星們不喜歡的狗仔隊。

「走開！走開！」男孩持續地怒吼。

是宗孺，這熟悉又憨厚的聲音，絕對是宗孺沒錯。糖糖感到很驚訝，透過門縫，宗孺正在跟門外那位拿著相機的陌生人推打。

「宗孺！」糖糖怕狗仔記者會傷害到宗孺，連忙打開門。「宗孺，快！進來！」

宗孺一臉勇敢，仍與狗仔推擠，不讓他逼近糖糖。

「你們這些智障小孩！」狗仔記者罵道。「給我走開，笨小孩！」

「我不是笨小孩！」糖糖重重推開門，怒吼道。「宗孺也不是笨小孩！」

她的這聲抗議，倒把沒有心理準備的狗仔記者給嚇楞了。

「為什麼說我們是笨小孩？」糖糖踏出門檻，再度高聲質問道：「你明明就不認識我們！為什麼罵我們笨小孩？」

糖糖清脆而響亮的聲音響在門庭間。

她氣呼呼的，一想到自己與宗孺從小到大被這些陌生的大人糟蹋過那麼多次，糖糖的語氣也變得激動而銳利。

「我們不是笨小孩！」糖糖高聲說道，悲憤的眼神瞪向狗仔記者。

而記者彷彿被吼醒了，一瞬間眼神中流露出愧疚之情。面對眼前這位唐寶寶小畫家，他雖是舉起相機，卻啞口無言。

看到糖糖的直率行徑，宗孺也再度鼓起勇氣，伸手擋在狗仔與糖糖之間。

「你趕快走開啦！不然……不然我叫警察囉！」

「宗孺，別理他，我們進來！」糖糖果斷地把宗孺拉進門內，大門一鎖。

其實兩個孩子仍餘悸猶存。

糖糖把宗孺拉進玄關裡。兩人彎下身，靜靜等待記者走開，他們的心臟砰砰直跳，彷彿都要跳出喉嚨了。

但當他們看到記者的身影消失在大門的玻璃窗外時，彷彿鬆了口氣。

兩個孩子相視而笑。

13
奈奈老師的告白

「呼……好險……他走了。」糖糖拍拍胸口。

「糖糖，妳剛剛好勇敢，好帥！」宗孺笑嘻嘻地說。「記者聽到妳的話，都安靜了。」

「我最討厭別人覺得我們好欺負，還罵我們笨小孩……他們明明不認識我們，憑什麼那樣說？」糖糖搖著頭，一想起剛剛記者隨口說出的話，她仍非常反感。從小到大，宗孺和糖糖都飽受異樣眼光與酸言酸語，而糖糖其實現在一想，也覺得有些不可思議，原來……一向內向的自己，竟敢出口反抗記者。

大概透過這陣子的工作與畫畫，糖糖體會到社會上仍有自己的立足之地，也對自己更有自信了吧！

「不想再靜靜地被欺負了。」糖糖對宗孺說，而他也堅定地點了點頭。

「糖糖，妳剛剛的樣子真的很勇敢喔！」宗孺笑著拍拍她。「還記得……我們以前跑到永親國中鐵絲網另一邊，還在學校被欺負……」

糖糖也永遠記得那一天，她曾被惡霸欺負、甚至被學校開除，她因為太過害怕，什麼都不敢再多說，甚至不敢替自己辯解。

但如今的她，已經不同了。

她知道她是誰，她是愛畫畫、有能力畫畫、也飽受家人朋友關愛的糖糖。

「嗯！我知道……要是現在的我，絕對不會讓人那樣罵我了……因為我真的……我真的不是笨小孩。」糖糖微笑道。

「而且，宗儒也不是笨小孩。」

宗儒憨厚地笑了，不過，在他的眼神中卻帶著幾分歉意。

「宗儒，怎麼啦？不要這種表情啦！多虧你剛剛跑來，幫我趕走記者……不過，你怎麼知道狗仔要來？」糖糖話才說出口，宗儒卻猛力站起身，一副有話要說的嚴肅模樣。

「糖糖！對不起！」宗儒的眼中湧出眼淚。

「我爸爸，對不起妳……我……」

宗儒突如其來的淚水，讓糖糖驚慌又疑惑。

「你爸爸？怎麼了？你爸爸上次不是還來我家玩嗎？他人很好啊……」

「不，其實上次，我和爸爸來妳家玩的時候，爸爸聽到妳媽媽講話……」宗孺哭哭啼啼，話也越講越不清楚。

「什麼意思？你別哭嘛！慢慢說。」

「那天……」宗孺抽抽搭搭地說：「我爸爸聽到妳媽媽和外婆在廚房裡，好像在跟誰吵架，我不知道發生什麼事……但是，回家之後，我偷聽到，我爸爸跟別人講電話……他竟然在說糖糖的壞話！」

糖糖想了又想，還是無法完全聽懂宗孺想表達什麼。

「糖糖，我爸爸出賣妳們家，他偷打電話給記者，跟記者說妳的壞話。」宗孺哭哭啼啼。

「真的很對不起……」

「宗孺，別哭了，我人好好的啊！又沒有怎樣……」糖糖雖然依舊不太懂宗孺的意思，但她非常不喜歡看到宗孺掉淚又道歉的模樣，弄得她心情起了一

片陰霾。

「糖糖，總之，我爸爸跟記者說妳的壞話，記者為了要從妳身上找新聞，就寫妳的壞話……登在報紙、登在網路……」

「咦？可是我什麼都沒看到耶！上台北拍廣告時，大家都對我很好啊！」

糖糖不曉得，媽媽與出版社的編輯姊姊全都瞞著她這些負面消息。因此，當糖糖聽到宗儒的說明時，才覺得一頭霧水。

這時，宗儒已經在糖糖面前跪了下來。

「我爸爸昨天又跟記者通了電話，我知道記者會來找妳……所以，我就來了，我想阻止記者……」

「沒關係啦！宗儒！反正我又沒怎樣，記者也走了！你不要跪我了啦！」

糖糖天真而樂觀地笑笑，用力將大個子宗儒扶起來。

宗儒不斷道歉，眼淚也直直落。

雖然不明白事情的前因後果，但糖糖並不生氣，反正，她自己此刻平安無

事，這就夠了。她反倒覺得宗孺比她還可憐，哭成這樣，又拼命道歉。

「來，喝點水，宗孺，別哭了，反正我又沒事！」糖糖倒了杯水給宗孺。

「我先去打手機給我媽媽……她和外婆今天跑出去了……」糖糖想起眼前的「當務之急」，撥了媽媽的手機號碼，想問她到底跑哪去了。

※

由於在公寓樓下爭吵怕驚動鄰居，奈奈老師把佑薰與外婆請到了公寓的大廳。

奈奈老師再三強調，自己沒有把糖糖的任何惡意留言散佈出去。而外婆與佑薰也暫時相信了。

佑薰態度雖是和緩了點，卻也不想輕易放過奈奈老師擅自用「經紀人」名義替糖糖接案的事。

「好，奈奈老師，妳說自己跟那些八卦記者沒關係，我們暫時相信妳，畢竟妳是糖糖的老師……但，妳也不該擅自在網路上替自己掛名，說自己是糖糖

的經紀人啊！」

奈奈老師嘆了口氣。

「這……沒有先告知妳們的確是我不對。但畢竟我是學藝術教育出身的，該怎麼推銷和包裝糖糖我很清楚，我就跟妳們一樣，想保護她、想讓她有好的發展啊！況且，媒體主要都是來聯絡我，業主也把我當作經紀人窗口來洽談工作，這樣才不會打擾到妳們家啊！」

外婆與佑薰交換了一個眼神，雙方都有些動搖。佑薰聽到奈奈老師剛才解釋的這番「好意」，態度也軟了不少。

奈奈老師見狀，又用甜美的聲音補充道：「難道妳們都不覺得奇怪？糖糖爆紅的這段日子，妳們家很清靜嗎？應該只有一兩位出版社編輯會打來聯絡事情而已吧？其實很多電話、很多電子郵件，我都幫妳們擋下來了呢！」

「哦！」外婆有些不情願地說。「照妳這樣說，我們反倒要謝謝妳幫糖糖當經紀人了……」

「我不是這個意思啦！您冷靜點。」奈奈老師拿下口罩，微微鞠躬。「擅自瞞著妳們，自己當起經紀人是我不對。不過，我也是為了糖糖好啊！」

佑薰望著奈奈老師，她正張著水汪汪的無辜大眼，就跟初次見面時一樣優雅清秀。

而身上穿著睡衣的奈奈老師，很明顯是剛剛被佑薰的電鈴聲吵下樓的，一想到這，佑薰突然覺得自己的行為實在挺魯莽的。

「不好意思……」佑薰苦笑地解釋。「因為看了那新聞實在太生氣了，剛剛才會一路氣得衝到妳這裡來。」

「對啦！一大早的把妳給吵醒，的確是我們不對。」外婆也爽朗地道歉。「不過，經紀人這件事，奈奈老師妳也不應該瞞著我們那麼久，那些電子郵件啊！電話啊！我們可以自己應付的。」

「說到這些……」奈奈老師像是想起什麼，眼睛一瞪。「我之前接到一封好奇怪的電子郵件。」

13 奈奈老師的告白

「什麼電子郵件？」外婆反問。

「就在糖糖比賽得獎的那天晚上，我接到一封電子郵件，裡面一直問我糖糖媽媽的本名，還問了很多糖糖的事情。」

「哦？」佑薰緊張了起來。「對方到底要幹嘛啊？」

「他說，他在我部落格上看到一張照片……他問了糖糖媽媽的本名和一些私事，因為最近的網路騷擾很多，我怕是什麼記者或者壞人來套話，就沒有回信了……」

聽到這裡，佑薰感到頭昏眼花，腳一軟就跪到地上，外婆急忙扶住她。

「等一下……」佑薰扶著頭。「奈奈老師，那個寫電子郵件給妳的人，叫什麼名字？」

「我不記得他的名字耶……」奈奈老師驚叫起來。「天啊！難道那是封很重要的信嗎？我以為是網路騷擾……是裝熟的網友……」

「那封電子郵件……很可能是糖糖的親生爸爸寫來的啊！」外婆緊張地叫

道。「信妳還留著嗎？」

「我……」奈奈老師緊張地聳聳肩。「我這就去拿我的電腦！」

佑薰與外婆急急忙忙地跟著奈奈老師回她的房間，查看那封電子郵件。信件的內容很短，但看起來語氣很急。

> 奈奈老師，拜讀您的部落格後，冒昧來信。看見您的活動紀錄相片中有個熟悉的身影，故來信想請問她的身份。請問這張照片左下角的白衣女性，本名是佑薰嗎？她是不是有一個唐寶寶的孩子？事關緊急，我在找人，還請回信。
>
> 郵件下方，留了來信者的名字。

「天啊……」佑薰已經泣不成聲。

「是糖糖的爸爸，真的是糖糖的爸爸……原來他一直在找我們……」

「他一定掛念著妳們母女……但又找不到妳們的聯絡方式，所以才發了那

封信……」外婆擁住佑薰的肩頭，聲音也哽咽了起來。「太好了……真的太好了。」

「還好……還好我沒刪掉這封信，真不好意思，我應該更早告訴妳們有這封信的……」一旁奈奈老師急忙把電子郵件列印出來。

又在此時，佑薰才發現外套的口袋裡好像有什麼東西在振動，原來她已經漏接好幾通糖糖的來電了。

她急忙回撥到家裏。「喂？糖糖……是媽。對不起，媽和外婆現在在奈奈老師這邊……」佑薰的語氣急促又歡喜。「妳、妳聽我說，我找到爸爸了！糖糖，我找到妳爸爸了！而且，他其實也一直在找我們！」

※

糖糖哭著掛上電話，眼角是喜悅的淚水。除了期待媽媽趕快回家外，她不曉得自己此時能做什麼，心中只是湧上滿滿的期待與問號。

「爸爸在找我，他不是只找媽媽，而是也有在找我……爸爸，不曉得他長

得什麼樣子……說起話來聲音怎麼樣？他現在在哪裡？過得好嗎？」糖糖長久以來的疑惑與心中的思念全都一擁而上，如潮水般澎湃。而她腦中更是浮現無限的期待。一想到爸爸也在找自己，糖糖的心都暖了起來，彷彿置身於春日的花海中，興奮又感動。

「太好了！糖糖！太好了！」一旁的宗孺開心地大叫。「他一定是知道糖糖現在是有名的小畫家，他一定也以妳為榮！」

「真的……真的嗎？爸爸真的會以我為榮嗎？」糖糖從沒想過，甚至不敢去想爸爸是怎麼看待自己的。她曾暗自猜疑過無數次，爸爸是不想要她這個唐寶寶才會離去，不過，糖糖一聽到宗孺形容現在的自己為「有名的小畫家」，心中的不安感的確消失許多。

然而，宗孺卻指出一種可能性。

「妳爸爸可能是聽說妳現在有名，所以想回來找妳。」

雖然宗孺說此話時，語氣仍帶著歡喜與恭賀的意思，但糖糖心裡卻忍不住在意起來。

「哦！真是累，仔細一想，我還沒吃早餐呢！」外婆的聲音響在門外，媽媽則用鑰匙開門進來。兩個孩子都飛奔過去。

「媽媽……」糖糖眼中含淚。「爸爸真的在找我嗎？他是因為我變有名，才回來找我的嗎？」

這個問題，實在是個大哉問。佑薰不難想見女兒心情的矛盾，此刻的她只能搖搖頭，率直地柔聲說道。「我也不知道……」

「嗯！有這個可能。」外婆親熱地拭去糖糖眼角的淚水。「不過，妳的願望不是達成了嗎？至少妳爸爸心裡現在的確有妳呀！糖糖。這才是最重要的，爸爸想來找妳了呢！」

外婆的一番柔聲安慰，多少化解了糖糖的心結。她點點頭，與外婆相互擁抱。

回想起當年糖糖爸爸一走了之的狠心背影，佑薰反倒臉色陰沉起來。雖然

今天從奈奈老師那裡，知道糖糖爸爸心中仍有她們母女倆，但佑薰也發覺自己無法忘懷過去的事情。

但她仍打起精神，準備好好對糖糖解釋方才的事情。「糖糖，來，別想太多，媽媽把從奈奈老師那裡聽來的事情，全部都告訴妳。」

14 病床上的心願

從知道糖糖爸爸在找她們母女倆的那天開始，佑薰和奈奈老師就立刻回信給對方。但佑薰始終沒有再收到糖糖爸爸的電子郵件。

面對時間一天天過去，她實在很怕給糖糖造成二次傷害。

糖糖雖然每天都問起很多爸爸的事情，但佑薰只能說一些過去兩人交往時的溫馨回憶，對於未來能跟糖糖爸爸有什麼接觸，她真的不太敢想。

「媽媽，爸爸是個什麼樣的人？」糖糖最近開始問了許多這樣的問題，臉上帶著期待與希望的笑容。

佑薰一一耐心回應，但她不敢老實告訴糖糖，自己一直聯絡不上她的親生爸爸。

所幸，糖糖也埋首於接下來的插畫創作，累積的作品結合了水彩與蠟筆，奈奈老師認為她已經可以舉辦個展了。

奈奈老師利用藝文界的人脈，找了個中小型的藝術空間，還幫糖糖辦了開幕茶會。

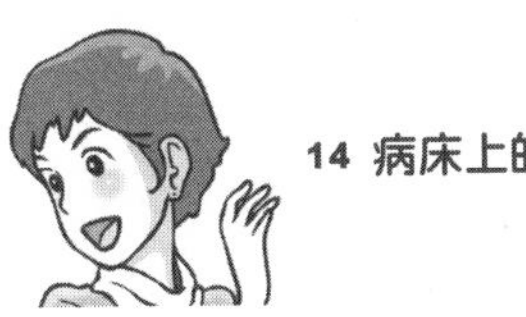

「我滿期待今天的茶會，聽說大鄒也要來。」糖糖笑得甜膩膩。看她這幸福的模樣，佑薰暫時放心了。

每次上台北都是要參加大活動，縱使疲倦奔波，但糖糖一想到大鄒的溫暖笑容，便不覺得辛苦了。

即便大鄒的出現，也代表媒體會紛紛現身，但糖糖早有心理準備，畢竟有明星出席的場合，經常都是鎂光燈的焦點。

事實上，糖糖有預料到可能會被記者拍很多照片，已經事先要求媽媽幫她準備稍微比平常貴一點的中等價位洋裝。

台北的糖糖個展會場，位於一個中型的藝文空間二樓，外面寫著「糖心小屋一日遊」，親切可愛的標題是糖糖與奈奈老師一起命名的。

展場佈置成沙灘小屋的形式，氣氛輕鬆，吸引不少路過的親子相偕觀賞。現場還備有自取的精緻茶點，而糖糖的畫作全數裱框，不規則地被陳列在小屋佈景四周，少了一般畫廊給人的拘束感。

「妳好，謝謝妳來看我的畫。」當有人用好奇的眼光打量糖糖時，她便主動和對方打招呼。

對方多半對她的大方態度感到驚訝，但一定隨即友善回應。糖糖甚至會和對方攀談，並將「謝謝你」掛在嘴邊。

「我覺得，糖糖抗壓性變高不少，也變得比較落落大方。」一到展場時，奈奈老師主動跟佑薰談道。「這次很多展覽的事情，她不會丟給我們處理，而是會禮貌地一一和我們討論。」

佑薰聽了，感到頗欣慰。糖糖在這段時間大量頻繁地接觸人群，抗壓性與溝通技巧的確都變好不少。如今，看著自己的女兒站在溫馨展場中央，氣度自若的模樣，佑薰更感到驕傲。

不過，她也沒忘了問奈奈老師，有沒有收到糖糖爸爸的回信。

「沒收到信耶！」奈奈老師也不免掛起憂心的神色。

「糖糖應該很失望吧！當時她爸爸真該留個手機給我們的。」

「是啊！只留了電子郵件，又不回信。」佑薰嘆了口氣。

此時，人群一陣騷動，原來有明星駕到了。

大鄒一身極簡的白T恤、藍色牛仔褲配上灰西裝外套，親切地笑著走上階梯。一抬頭就對糖糖打了個親熱的招呼，接著把視線轉到佑薰身上，禮貌地微笑。

依舊是陽光爽朗的明星模樣，大鄒與糖糖講話的同時，記者的閃光燈已經紛紛亮起。

「不好意思，糖糖，我本來想早點過來，但早上在經紀公司開會。」

「那你有吃中飯嗎？這邊有點心可以吃，來，我幫你拿。」糖糖憨厚又貼心的模樣，把大鄒逗笑了。

他優雅地走向擺設茶點的長桌，也幫糖糖倒杯飲料。

奈奈老師與大鄒紛紛舉杯，感謝來看展的貴賓。

先是奈奈老師致詞，之後大鄒也以唐寶寶關懷大使代言人的身份，發表了

談話。

「我經常在糖糖身上看見我弟弟的影子，正直而不虛偽，正是我們在這社會中追逐名利時經常忽略的……我更在糖糖身上看到了腳踏實地、樂觀待人的意義，糖糖充滿生命力的畫作，帶給我很大的感動。我車上還放著她的繪本，累了就翻一翻。謝謝妳，糖糖，謝謝妳帶給我們力量。」

大鄒只說了短短幾句，卻字字珠璣，充滿感染力，只見佑薰與奈奈老師分別在一旁，紅了眼眶。

接下來輪到糖糖致詞了，她有點小緊張地掏出小抄，發表了幾句簡短的謝詞。

雖然一開始說得有些結巴，但糖糖真摯的神情，卻讓在場的賓客們眼眶泛紅。

「謝謝……謝謝大家來看我的畫……這些都是我生活中的靈感，很簡單，可是，想跟大家分享。我今後也會更加油、更努力，學習更多畫畫的技巧，表達我自己。」

眾人響起掌聲。

「好耶！糖糖！」大鄒也跟著歡呼。

致詞告一段落，有幾個大鄒的影迷找他簽名合照，人群也暫時散去，轉而去觀賞糖糖的畫作。

望見人潮散了，最緊張的致詞也完畢，糖糖感覺一瞬間鬆懈下來。

她正要回頭找媽媽，卻看見一個穿著套裝的陌生捲髮女士，神情複雜地朝自己走來。

「妳就是糖糖吧？我的丈夫……妳的親生爸爸，他在找妳。」

「咦？」糖糖弄不清楚這女人的來歷，感到有些驚嚇，但一聽到「親生爸爸」，她心頭的那些思念全都一擁而上。

「媽媽呢？」糖糖轉頭找佑薰，但一時沒找到。此時，陌生的捲髮女士再度邁步，輕輕抓住她的手。

「妳爸爸在醫院等妳，糖糖。」

「妳是誰……」

「我是他再婚的對象，我是他現在的太太。」

糖糖一時間難以理解對方在說什麼，只感到氣憤不解。

「才不是，我爸爸的老婆，是我媽媽，但妳不是我媽媽……」

「唉！妳沒聽懂……」

女人不耐煩地望著糖糖，略

帶侵略性地說。

「總之啊！妳爸爸好幾年前就已經跟我結婚了，我們還有一個女兒呢！可惜他身體很不好，前陣子患了癌症……我們母女倆實在很擔心……」

聽到這番話，糖糖呆立原地，一時之間感到天旋地轉。這時佑薰和奈奈老師才察覺她的異狀，連忙趕來。

「糖糖，妳怎麼了？」

抹著淡妝的捲髮女士與佑薰打了個照面。聰明機智的佑薰很快明白怎麼一回事，而奈奈老師則輕輕把糖糖帶開。

「妳就是佑薰啊！」淡妝女士禮貌性地淺笑。

「建銘還好吧？」而這是佑薰第一次說起糖糖生父的名字。

她深深吸了口氣，直接了當地問道：「建銘……他現在在哪裡？為什麼今天他是請妳來，而不是親自來找糖糖呢？我們有回信給他，但是一直沒再聽到他的消息……」

「因為建銘最近剛接受了手術，身體很虛弱。」陌生女人有些哀傷地說。

「他得了胃癌，雖然是剛發現就開刀了，但他一直很怕自己不久於人世，於是決定要找到你們母女，想親口跟妳們道歉。」

「好，那畫展一結束，請妳馬上帶我們母女去找建銘。」佑薰果斷地回答道。

她不太喜歡眼前這個女士所散發出來的強烈哀怨感，況且，她即使報了名字，卻讓人記不住。

佑薰打量了對方，對方也瞧著她，最後，佑薰則勉強安慰自己，對方看起來不但年紀比她大、皺紋比她多，看樣子要操心的事情也比她多。

「至少我們母女現在過得還不錯……」佑薰想道。她這才發現，自己之所以這樣想，表示她仍對糖糖爸爸的離去，耿耿於懷。

佑薰轉身去找糖糖，想告訴她剛剛發生的事。但糖糖已經不在現場，而大鄒也不見了。

※

糖糖拉著大鄒的溫暖手掌，奔下樓梯，跑進台北市的陌生巷弄裡。

「糖糖，怎麼啦？」大鄒一開始仍柔情地問她幾句，但當他發現糖糖眼角的淚水時，大鄒明白事情大概比他想得複雜。

糖糖也不知道自己要跑去哪，她氣喘吁吁，腿軟得再也跑不動了。

糖糖開始後悔自己剛剛為什麼要跑出來，但當她想起媽媽與那個陌生女士說話時的神情時，糖糖真的心如刀割。

「妳爸爸後來跟我結婚了，我們還有一個女兒呢！」一想起這句話，糖糖生氣又憤怒。

真不知道那女的為什麼一副趾高氣昂的模樣？

「嘿！我的車子在那，我們去兜兜風吧！」大鄒雖然不明白糖糖的心事，卻回過頭率真一笑，眨了眨眼。

「來吧！」

備。

糖糖點頭，跟了過去。

大鄒發動車子引擎時，傳了封簡短的簡訊給佑薰的媽媽與自己的經紀人報備。

銀白色的車子就跟大鄒本人一樣簡單卻耀眼，「轟」地一聲發動了，轉眼奔上快速道路。

車內播放著輕柔的電子音樂，微微開啟一角的車窗不斷灌入涼風，讓糖糖神輕氣爽。

大鄒沒再問糖糖發生了什麼事，而是單純地笑著哼歌。

「這是北歐的音樂喔！不過，我經紀人不喜歡聽北歐的歌，害我載她的時候都不能播。」

「大鄒去過北歐嗎？」

「去過，拍電影的時候去過。」大鄒做了個鬼臉。「不過好冷，我真是招架不住。哦！那棟大樓的下午茶很有名喔！」大鄒比了比窗外的風景。

「下次一起去吃吧！」

隨著大鄒的閒話家常，車子下了快速道路，駛向一片美麗的灰藍色天地。

「看，是淡水河。」大鄒柔聲說道。

充滿波浪的銀灰色河水映入眼簾，一碧如洗的藍天，更讓人心曠神怡。

糖糖緊張而憤怒的心情漸漸舒緩下來，她連深呼吸都不需要，便將原本難以啟齒的事情，脫口而出。

「我爸和另一個媽媽結婚，有另一個女兒了。」

「這樣啊……」車內氣氛靜謐而不尷尬，只見大鄒握住方向盤，平靜地轉頭看了糖糖一眼。

「什麼時候的事情？」

「很久以前，但是……我是今天才知道。」

「剛剛嗎？」大鄒問。

「嗯！」糖糖嘆了一口氣。

「那妳現在有什麼感覺？難過嗎？還是生氣……」大鄒語氣平常，讓糖糖將心中的情緒全都自由發洩出來。

「他為什麼要離開我們？還跑去跟別人結婚？我和媽媽這麼不好嗎？為什麼還要回來找我？為什麼要叫那個女人……回來找我？」糖糖連珠砲，說了一大段，自己也覺得不可思議。

「聽起來都是問號。」大鄒溫文儒雅地淺笑道。「是妳和我想破頭都不曉得的事情。」

「是的……我想了好久……都沒有答案。」糖糖說。

「那我們只能問妳爸爸了。」大鄒試探性地觀察著糖糖的表情。

「哼！我不想去找他。」糖糖抱頭，耳朵氣得發紅。

「妳為什麼生氣呢？」大鄒好奇地問。「把妳生氣的原因，告訴我吧！」

要是平常外婆或者媽媽，大概會覺得糖糖在耍脾氣，但大鄒卻只是輕柔地丟出一個又一個的問題，露出好奇、關心的表情。他的眼神中沒有過度的憐憫

與同情，更讓糖糖感到舒服舒暢，想傾訴一切。

「我覺得，他太過份了！他要我去找他，我就乖乖回去找他？」糖糖再度怒氣沖沖，幾乎自言自語起來。

「為什麼要給我爸爸，他要的東西？」

「原來如此……」大鄒點點頭。「妳是覺得太便宜他了？」

「對！」糖糖覺得大鄒簡直一針見血。

「對對，太便宜他了！」她一想起那位素未謀面的親生爸爸，憤怒與無奈交織在心頭。

大鄒知道，糖糖的心中同時有著思念與愛，但也是因為這兩種情緒沒辦法立即得到爸爸的回應，她才會那麼生氣。

「我也會覺得，我常常做些便宜很多人的事情。」大鄒表情帶有淡淡的哀戚。

「其他人例如媒體、或者工作上的同事，我還可以忍受，但家人，真的讓

人很心煩。」

糖糖點點頭。對呀！大鄒比她成熟，又見過太多世面，不曉得要是大鄒，他會怎麼處理？糖糖緩下心中的埋怨，靜靜聽著。

「我剛出道時，因為我弟弟那陣子滿需要人照顧的，我常常推開通告趕回家。有一次，就看到媒體說我是在利用自己的弟弟是唐寶寶，藉口逃脫工作、博取大眾同情。」

「怎麼會這麼說……」糖糖感到一肚子火。

「嗯！媒體確實有時候會讓人很火大，那陣子經紀人還叫我把弟弟藏在家裏，也要我別出來面對媒體的惡毒質問。但我選擇獨自出來，面對媒體，一一回答他們的問題。雖然當時還不紅，但有些媒體反而因為我這麼做，而感到很意外。」大鄒苦笑道。

他望著窗外的眼神，有一些疲憊，彷彿當時的事情仍讓他很痛心。

「我想說，有很多事情，就該親自去面對，才知道答案，光是猜測或者生

氣，只是跟自己過不去。」大鄒發現車內的氣氛變得嚴肅了，連忙眨了眨眼。

「我跟媒體的關係是這樣，很複雜，就跟妳和妳爸爸的關係一樣，也複雜。他不在身邊的日子，妳也的確想念他，想知道他長什麼樣子……對不對？」

糖糖用力地點點頭，眼眶溢出淚水。

「妳還有很多問題，想問他，對不對？」

「嗯……」糖糖雖哭泣，眼神卻也變得澄澈而堅定。

「我想問他好多問題，我想問他為什麼離開我和媽媽？為什麼又突然要找我？這些年他有沒有想念過我……這些，我都想問他……」

大鄒一手握住方向盤，另一手溫柔地撫著糖糖的肩膀。

「這些問題，不親自問妳爸爸，永遠也不會有答案的，不是嗎？」

糖糖默認了。大鄒說得一點也沒錯。

「我們去妳爸爸那邊吧！」大鄒調轉車頭方向。而糖糖破涕為笑，堅定地點了點頭。

「把妳剛剛的那些問題，慢慢地告訴他，讓他知道妳的心情。」大鄒暖暖地淺笑道。「只有去面對，去傳達，對方才能理解妳，妳也才能理解對方。」

大鄒低頭望著手機，裡頭傳來糖糖媽媽的最新簡訊。

銀色的轎車緩緩轉向，朝市區醫院飛奔而去。

15
行事曆上的新顏色

糖糖到了醫院，佑薰便給她一個深深的擁抱。

「其實這對妳來說，太難承受了……」因為心疼女兒，佑薰也哭得眼睛紅紅的。「妳大可以先在醫院外頭等我……」

「不，我也想見爸爸，我本來就想見爸爸，只是……太多的憤怒……讓我看不清我原本想做什麼……」糖糖轉頭，後頭的大鄒給她一個鼓勵的微笑，揮手致意離去。

「走吧……」佑薰順便跟糖糖介紹爸爸的再婚對象，與他另一個女兒的名字，但是糖糖根本不想去記，此時的她，只想任性地衝到爸爸身邊，不願去想另一個家庭的問題。

她心裡已經很明白，其實爸爸需要的，不只是另一個家庭……不然，他是不會再回來找她和媽媽的。

一想到這，糖糖的心中又多了些勇氣，少了些憤怒。她帶著滿腹的疑問，跟隨媽媽走向醫院長廊。

長廊外站著一對母女，正是剛剛那個到畫廊來的陌生女士，她身旁的女孩留著清湯掛麵的短髮，穿著明星國中的制服，長相清秀。她用訝異的眼神打量著糖糖，不過糖糖沒把心思放在她們身上。

「謝謝妳們願意過來。」陌生女士露出一個毫無溫度的淺笑。

「建銘準備好要見妳們了……不過，他剛開完刀，狀況不是很好，還請妳們不要嚇到。」

聽到後面這聲「忠告」，佑薰與糖糖面面相覷。

「好的，我知道了，謝謝妳。」佑薰不冷不熱地答著，堅定地牽著糖糖的手，推開病房大門。

病房內，各種機器與空調的聲音交雜一起，卻顯得一片死寂。

電視關著，門窗也關著，幾乎沒有光線的房間，讓糖糖有些畏懼，不過，她仍張大眼睛，望向病床一角的模糊人影。畢竟她等著見到自己的親生爸爸，可是等了十幾年啊！

「爸！」糖糖無法壓抑自己的情緒，飛奔到病床旁。

病人的臉上帶著呼吸罩，氣色很差，身形瘦弱而修長，睡著的五官也扭曲著。

這跟佑薰印象中的未婚夫完全不同，讓她不禁悲從中來。

「爸！」唯有糖糖沒被爸爸的病容嚇到，仍不屈而開朗地喊著病人，聲聲都是殷切的思念。佑薰想拉住糖糖，要她別喊，然而，佑薰卻發現糖糖的呼喚也深深激勵了她。

糖糖真誠的叫喚，以及她認真而勇敢的側臉，更讓佑薰一陣鼻酸。

「這孩子……遠比我更樂觀、更堅強！」

病人的肩膀緩緩地動了，隨後他的眼睛也慢慢睜開，彷彿糖糖方才的喊聲全都喊進他心裡去似的，病人正掙扎著，想從衰弱的身體中掙脫，甦醒過來。

「糖……糖？」呼吸罩裡傳來這聲呼喚，糖糖立刻上前握住病人的手。對她而言，那已經不是病人的手，而是爸爸的手。

15 行事曆上的新顏色

是她老早就想握住的，爸爸的手。

而讓糖糖母女欣慰的是，爸爸也記得糖糖的名字。

「爸爸，我好想你……你沒事吧？聽……聽說你得了癌症，你千萬不要死掉啊……」糖糖嗚咽著。

而爸爸緩緩脫下呼吸罩，緩慢地露出虛弱而瘦削的臉龐。

雖然氣色不佳，但爸爸的眼神卻是堅定而澄澈的，充滿對生命的希望。

「放……放心，爸爸好不容易才找到妳……我不會輕易死掉的……」他激動地吐出一字一句，而糖糖撲進他懷裡。

爸爸細長的大眼、濃濃的眉毛、刺刺的鬍渣，藥水和病房被單的味道……糖糖用心感覺著周遭的一切，雖然這跟她心目中的爸爸形象不盡相同，糖糖卻知道，自己願意笑著擁抱這一切。

她在大鄒車內發洩出的怒氣，此刻已化作感恩與感謝。

雖然心中仍有很多疑問與不平，但眼前能感受到爸爸的擁抱，這才是糖糖

一直以來最想要的……

爸爸撫摸著糖糖的頭髮，流下懺悔的眼淚。

「對不起……爸爸不會再丟下妳們了……爸爸不會再丟下妳們了……」

佑薰摀住臉哭泣著，眼前這個男人的確是當年離開她們母女的未婚夫，不過他的神情、姿態，跟當年頑固、憤怒又不知憐憫的嘴臉完全不同。

這個人，真的是糖糖的爸爸沒錯……但是他已經改變了。

佑薰想到這，心裡充滿了感激。而爸爸剛剛的那句「對不起」，更是動搖了佑薰與糖糖多年來的傷痛。

或許一句話，並不足以道歉，也不能彌補十多年來父親的缺席，不過，這句道歉，卻是一切的開始。

「爸爸，你一定要好起來……」糖糖緊緊抓住爸爸的手臂。

「爸爸一定會努力讓自己越來越健康，我……我不想再離開妳們了……」

爸爸大概是說了太多話，一時有些喘不過氣，便又戴上了呼吸罩。不過，爸爸

的臉卻漾出笑意，伸手緩緩拉開窗簾。

午後的日光湧進病房，靜謐而明亮的氣氛隨之而來。

「您好！」病房進來了一名護士，她戴著口罩的臉露出微笑。

「是病患家屬嗎？」

「是的！」糖糖與佑薰不加思索，異口同聲地爽朗答著。

「剛剛醫生有來巡房了，手術很成功，癌症也是第一期……若是休養調理得當，定期追蹤，治癒的可能性就不會太低。」護士說。

「接下來，我和媽媽會來陪爸爸的，他一定會恢復的！」糖糖高聲回答，臉頰漾起甜美而開朗的笑容，連護士也被她的樂天感染。

※

一週後，佑薰接到宗孺爸爸打來的道歉電話，為他賣消息給狗仔隊的行為道歉。

「唉！我知道了，當事人的宗孺和糖糖都已經原諒你了，我也沒理由繼續

生氣啊！這對我也沒好處。」佑薰對著電話苦笑道。「不好意思，我手機有插撥了，下次再聚聚吧！」

對佑薰來說，此刻最重要的根本不是誰曾經傷害過她們母女，而是她與糖糖該如何繼續去付出她們的愛。就像此刻，她接起這通來自醫院的電話，與糖糖爸再婚的對象溝通。

「哦！好，明天就可以出院了是嗎？太好了，接下來我也會帶一些食譜和抗癌排毒的料理過去妳們家拜訪。對呀！這是過渡時期，我們一起加油吧！」

佑薰帶著優雅笑容講電話的模樣，讓外婆與糖糖相視而笑。

「妳媽媽真明理，與妳爸再婚對象和平相處。」外婆輕撫著糖糖的肩膀。

「雖然，我還是不喜歡那一家人……」糖糖一向有話直說，吐了吐舌頭。

「不過，老是跟她們計較，心情也不會比較好。」

「是啊！畢竟妳爸爸再婚，是他的選擇，而他回來找妳們了，也是他的選擇。這些選擇都值得尊重。」外婆臉上掛著寬恕的笑容。「現在沒有比妳爸爸

健康更重要的事，愛不是單方面的，相信妳一定也感受到爸爸愛妳們，才會願意為他付出吧！」

「嗯！」糖糖笑了，這是個簡單而滿足的笑容。

「糖糖，爸爸有話要對我們說。」佑薰回過頭來，將爸爸此刻在醫院說的話用電話的擴音功能播出。

「糖糖、佑薰，我這十幾年來虧欠妳們母女太多了。謝謝妳們願意給我機會……現在我還是一個病人，或許不能好好地愛妳們……不過，我希望妳們知道，這次的手術帶給我的不是痛苦，反而讓我檢視了自己的人生……我發現自己人生最大的遺憾與錯誤，就是離開妳們母女倆人……我真的好後悔啊！」

外婆抱著流淚的糖糖，祖孫倆靜靜聽著。

「所以，當我發病後，我積極地想找回我當年失去的東西……那就是糖糖和佑薰。我找不到佑薰的聯絡資訊，只能輾轉透過奈奈老師的部落格。當我看著滿是唐寶寶的團體照片時，我認出了佑薰，但我卻發現自己認不出糖糖……

我才知道我是個多麼失敗的爸爸，從沒看過自己的女兒……甚至認不出她的模樣。」

爸爸在電話中的語氣沉痛無比，也泣不成聲。

「這一切都是我造成的，我決定，我一定要找到妳們……原本不知道這決定是好是壞，但我想我真的是個很幸福的人，謝謝妳們，再度接納我……」

「好了啦！這些話當面再講……」佑薰擦著眼淚。

「不，今天就要講……」爸爸稍微喘了口氣，繼續說：「過去我虧欠妳們太多，但我很慶幸自己還擁有未來，等我健康起來，我一定會好好彌補妳們母女。」

外婆知道，大人的世界遠不如糖糖想得簡單，而愛不是一時的，而爸爸對糖糖母女之間的彌補與愛，也不會光是用嘴巴表達這麼簡單。

「那我們等著你康復，多來我們家走動！」外婆發揮一貫率直的本性，高聲對糖糖爸爸說道。

「我也很期待那一天到來。」糖糖爸爸直爽地在話筒的那一端，笑了。

※

這天下午，祖孫倆圍在畫桌旁，因為糖糖又畫出了很多新作品，她畫出了十多年前爸爸離開的那個夜晚，已是孕婦的媽媽一手撫著肚子，痛苦的表情。

糖糖知道，自己還有很多問題等著爸爸來一一回答，不過，有些問題已經沒那麼重要了。

她選擇不追究，不代表自己故意去遺忘，而是代表一種「原諒」。就像媽媽，媽媽當然永遠記得爸爸多年前曾經離開她們母女倆，但，眼前有比那更重要的事得去關注。

「外婆啊……以前我比較想問爸爸『過去』的問題，但現在，我想問的問題都是『未來』的問題。」糖糖甜甜一笑。

「哦！」外婆摸摸糖糖那雙精緻而可愛的畫家小手。

「什麼未來的問題？」

「我想問，爸爸康復之後要做什麼，我們可不可以一起去旅行，一起去看我的畫展？我們可不可以一起去公園散步……」

「這表示，妳向前看了，孩子。」外婆欣慰而鼻酸地笑道。

她繼續欣賞糖糖接下來的畫作，糖糖畫了一座開滿小花的山丘，上頭奔跑著好多人。有她、外婆、媽媽，有穿著白襯衫的帥氣大鄒、留著棕色捲髮的奈奈老師、也有宗孺、宗孺爸爸，糖糖還畫出以前在永親國中的同學小奇，甚至那裡的級任老師們。

電話又響了，媽媽接了起來。「哦！是永親國中嗎？」她停頓了一下，等待對方把話說完。「等等，你們說妳們要恢復糖糖的學籍？為什麼？」

外婆轉過頭，觀望著媽媽五味雜陳的表情。而當她看到糖糖在畫紙畫下的那些人物時，她露出釋懷的微笑，要媽媽也走過來看。

糖糖的畫紙上，已經新增了永親國中的高老師、黎老師，還有幾隻可愛的小貓咪。她是這麼地專注於畫畫，連媽媽在講電話的聲音都沒有聽到。

「喂？學務主任嗎？哦！希望糖糖抽空回去上課？嗯……請等一下，這件事，我晚點問我女兒，再給你們答案好嗎？」

媽媽與外婆四目相交，而她們都知道糖糖心裡已經有了答案。

糖糖的畫紙上，又勾勒出了下一個人物。

那是她的爸爸。爸爸在畫中看起來很健康，皮膚紅潤，還穿著慢跑短褲，他手中牽著糖糖，而糖糖同樣也穿著慢跑短褲。

畫中的人物一起在山坡上奔跑著，彷彿在開著運動會，也像是要到山上野餐。

「糖糖……」佑薰語帶哽咽地抱住糖糖。

「妳想念永親國中的大家，對嗎？」

糖糖正忙著替她的同學小奇與宗孺畫上遮陽帽，沒有仔細聽媽媽說什麼。

兩天後，永親國中的校方再度打電話，說是想帶著當天誣告糖糖打人的幾位同學，來家門口道歉。

這時的糖糖正和外婆一起親手做著便當，因為她們要出發去爸爸的城市探望爸爸的健康情況。

「不好意思，我們要忙著出門了，下次由我回撥給您吧！謝謝。」佑薰輕輕地掛掉了電話。

她帶著幸福的微笑望向冰箱上貼著的本月行事曆，黃色是上台北工作的日子，紅色是去奈奈老師家上課的日子，綠色則是糖糖休假的日子，現在，月曆上又多了一種新的顏色。

是藍色。

「藍色是爸爸的顏色。」糖糖邊用心做著便當，藍色的便當盒、加上藍色筷子。

佑薰一直都不懂為什麼糖糖說這顏色是爸爸的顏色。

但當她瞥見餐桌上新放的相框時，她明白了。那是當年她與未婚夫剛訂婚時，上陽明山約會的泛黃合照。照片中，糖糖爸爸穿著衣服正是藍色。

這就是糖糖對爸爸的第一印象吧！想到這裡，佑薰又忍不住鼻酸起來。

但當她瞥見糖糖做便當時的幸福笑臉時，佑薰知道，過去經歷的這一切，都在她聰明女兒的身上留下了最好的答案。

糖糖望向窗外，晴朗無邊的藍天配上燦爛的金色太陽，正對她眨著眼睛。而天空也是美麗的藍色。

一碧如洗的天空，無邊無際，讓人身心放鬆，只想一心向前。

糖糖很喜歡這樣的天色，她知道，這種晴亮的藍色，也將是「未來」的顏色。

培育文化

勵志學堂 43

我不是笨小孩

作者　夏嵐

責任編輯　王成舫

美術編輯　蕭佩玲

封面設計師　蕭佩玲

出版者　培育文化事業有限公司

信箱　yungjiuh@ms45.hinet.net

地址　新北市汐止區大同路3段194號9樓之1

電話　（02）8647-3663

傳真　（02）8674-3660

劃撥帳號　18669219

CVS代理　美璟文化有限公司

TEL／(02)27239968

FAX／(02)27239668

總經銷：永續圖書有限公司

法律顧問　方圓法律事務所　涂成樞律師

出版日期　2013年11月

國家圖書館出版品預行編目資料

我不是笨小孩 / 夏嵐著. -- 初版.
-- 新北市 : 培育文化, 民102.10
面 ;　公分. -- (勵志學堂 ; 43)
ISBN 978-986-5862-18-3(平裝)

859.6　　102018291

※為保障您的權益，每一項資料請務必確實填寫，謝謝！

姓名		性別	□男　□女
生日	年　月　日	年齡	
住宅地址	郵遞區號□□□		
行動電話		E-mail	

學歷

□國小　□國中　□高中、高職　□專科、大學以上　□其他＿＿＿＿

職業

□學生　□軍　□公　□教　□工　□商　□金融業

□資訊業　□服務業　□傳播業　□出版業　□自由業　□其他＿＿＿＿

謝謝您購買 ＿＿我不是笨小孩＿＿ 與我們一起分享讀完本書後的心得。務必留下您的基本資料及電子信箱，使用我們準備的免郵回函寄回，我們每月將抽出一百名回函讀者，寄出精美禮物以及享有生日當月購書優惠！想知道更多更即時的消息，歡迎加入“永續圖書粉絲團”

您也可以使用以下傳真電話或是掃描圖檔寄回本公司電子信箱，謝謝！

傳真電話：（02）8647-3660　電子信箱：yungjiuh@ms45.hinet.net

●請針對下列各項目為本書打分數，由高至低5～1分。

項目	5	4	3	2	1	項目	5	4	3	2	1
1.內容題材	□	□	□	□	□	2.編排設計	□	□	□	□	□
3.封面設計	□	□	□	□	□	4.文字品質	□	□	□	□	□
5.圖片品質	□	□	□	□	□	6.裝訂印刷	□	□	□	□	□

●您購買此書的地點及店名＿＿＿＿＿＿＿＿

●您為何會購買本書？

□被文案吸引　□喜歡封面設計　□親友推薦　□喜歡作者

□網站介紹　□其他＿＿＿＿＿＿＿＿

●您認為什麼因素會影響您購買書籍的慾望？

□價格，並且合理定價是＿＿＿＿　□內容文字有足夠吸引力

□作者的知名度　□是否為暢銷書籍　□封面設計、插、漫畫

●請寫下您對編輯部的期望及建議：

★請沿此線剪下傳真、掃描或寄回，謝謝您寶貴的建議

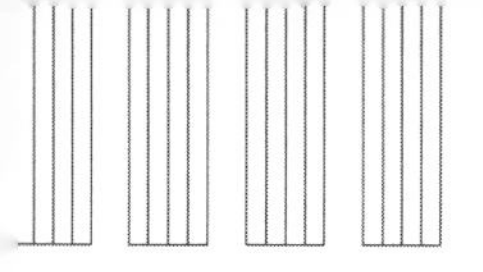

廣　告　回　信
基隆郵局登記證
基隆廣字第200132號

2 2 1 - 0 3

新北市汐止區大同路三段194號9樓之1

FAX：（02）8647-3660

E-mail：yungjiuh@ms45.hinet.net

培育

文化事業有限公司

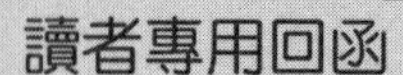

我不是笨小孩

培 養 文 化 育 智 心 靈 的 好 選 擇